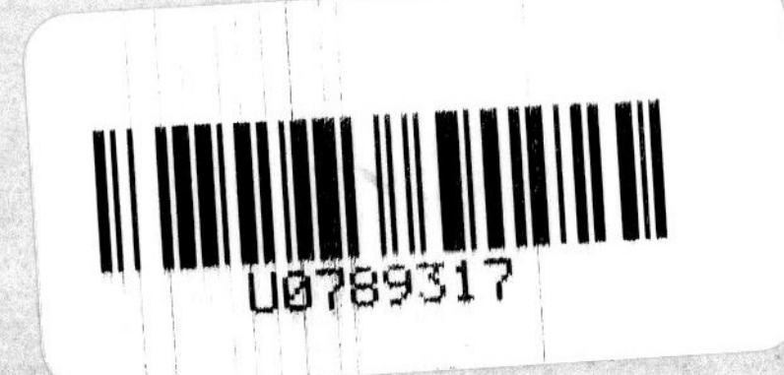

江西省圖書館館藏古籍珍本叢書之十四

論語集註

據江西省圖書館藏明正統十二年司禮監刻本影印原書版框高二十三厘米寬十六·四厘米

江西人民出版社
Jiangxi People's Publishing House
全国百佳出版社

目次

目　次

编委会主任

影印説明

朱熹（一一三〇—一二〇〇），字元晦，一字仲晦，號晦庵，晚號晦翁，又稱紫陽先生，南宋徽州婺源（今江西婺源）人。宋高宗紹興十八年（一一四八）進士，主泉州同安簿。孝宗淳熙中，知南康軍，後改提舉浙東常平茶鹽公事。光宗時直寶文閣，改知漳州，任秘閣修撰。寧宗初，以焕章閣待制，提舉南京鴻慶宫。慶元二年（一一九六），因受誣落職罷祠。卒後追謚文，故或稱文公。受業於李侗，得程顥、程頤之傳，兼采周敦頤、張載等人學説，集北宋以來理學之大成。

朱熹首創「四書」之名，傾畢生心力，訓説《四書》。其所撰《四書章句集注》，奠定了南宋以來，與傳統「五經」學相對應的「四書」學在中國經學史上的獨特地位。其中，《論語集注》以别於傳統的注經方式，直釋經文，兼及訓詁，廣集漢魏以來諸家之説，爲其理學思想集中體現的代表作之一。《論語》之名，始見於《禮記·坊記》：「子云：『君子馳其親之過，而敬其美。』《論語》曰：『三年無改於父之道，可謂孝矣。』」《論語》，是一部由孔子門人及再傳弟子所纂輯的孔子及其弟子的言行録，「《論語》者，孔子應答弟子、時人及弟子相與言而接聞於夫子之語也。當時弟子各有所記。夫子既卒，門人相與輯而論纂，故謂之《論語》。」（《漢書·藝文志》）《論語》約成書於戰國初期。傳至西漢初，存有《魯論》《齊論》兩版，稱今文《論語》；其後，相傳又於孔壁中得《古論》二十一篇。西漢末，「安昌侯張禹，本受《魯論》，兼講《齊》説，善者從之，號曰《張侯論》，爲世所貴」（《論語集解·序》），此後，學者多從張氏之説，餘家漸不傳。《論語》之注本，始見於西漢中葉。孔安國曾有《古文論語訓解》，今已不傳；又有何休《論語注訓》、馬融《論語注》。東漢末，鄭玄以《張侯論》爲基礎，參考《齊論》《古論》，爲之作注。至魏，何晏兼采鄭注及漢魏諸經學家之説，得《論語集解》；王肅撰《論語解》。此後，有梁皇侃《論語義疏》、宋邢昺《論語正義》，皆爲一時代表之作。至南宋，朱熹在吸收唐宋「四書」學思想的基礎上，融匯畢生所得，

撰成《論語集注》十卷，以闡釋宋代理學思想爲核心，博采漢魏舊注之精華，及兩宋數十家之注，將義理之説融入經文的訓讀中，集中體現了兩宋時期新儒學的發展進程。

朱熹受業於李侗，得二程之傳。朱熹深感各家《論語》注疏「於聖人之微意，則非程氏之儔矣」（《朱子新學案》），故删去諸家注釋，唯二程之説是從，并擇其門徒、友人數家之注，補輯訂正，以成《論語要義》。後又思及其「訓詁略而義理詳」，恐不便於初學者之用，「因此，「本之注疏，以通其訓詁；參之釋文，以正其音讀。然後會之於諸老先生之説，以發其精微。……又以平生所聞於師友而得於心思者，間附見一二條焉」（《朱子全書》），遂成《論語訓蒙口義》。宋乾道八年（一一七二），朱熹又集二程之説，兼「取夫學之有同於先生者，與其有得於先生者，若横渠張公、范氏、二吕氏、謝氏、游氏、楊氏、侯氏、尹氏，凡九家之説」（《朱子文集》），綜合各家之見，勘遺補缺，得《語孟精義》（或曰《論孟精義》），後更名爲《語孟要義》（亦稱《語孟集義》）。宋淳熙四年（一一七七），以《語孟要義》爲本，廣泛吸收宋以前的舊注，同時博采兩宋諸家之説，并於其後加入大量個人按語，終成《語孟集注》；又「疏其所以去取之意」（《紫陽年譜》），撰得《語孟或問》。朱熹解經時，將重點落於經文本身，「某集注《論語》，只是發明其辭，使人玩味經文，理皆在經文内」（《朱子語類》），認爲習經需先通文意，再探尋聖人所以作經之意及其所以用心。講究寓理於經中，兼顧訓詁、音讀，再集諸家之説，從理學思想的角度出發，探尋經文深意。

《論語集注》廣收博采，據統計，共徵引古今三十五家之注。相較於以義理思想闡釋爲核心的《論語精義》，《論語集注》更重視解讀經文本意。三十五家注中，包含漢魏以至唐宋各家之説。依其所處時代及學派之屬，大致可分爲三類。其一，宋以前的經學家，共八人：孔安國、馬融、服虔、揚雄、何晏、皇

影印説明

朱熹（一一三〇—一二〇〇），字元晦，一字仲晦，號晦庵，晚號晦翁，又稱紫陽先生，南宋徽州婺源（今江西婺源）人。宋高宗紹興十八年（一一四八）進士，主泉州同安簿。孝宗淳熙中，知南康軍，後改提舉浙東常平茶鹽公事。光宗時直寶文閣，改知漳州，任秘閣修撰。寧宗初，以焕章閣待制，提舉南京鴻慶宮。慶元二年（一一九六），因受誣落職罷祠。卒後追謚文，故或稱文公。受業於李侗，得程顥、程頤之傳，兼采周敦頤、張載等人學説，集北宋以來理學之大成。

朱熹首創「四書」之名，傾畢生心力，訓説《四書》。其所撰《四書章句集注》，奠定了南宋以來，與傳統「五經」學相對應的「四書」學在中國經學史上的獨特地位。其中，《論語集注》以別於傳統的注經方式，直釋經文，兼及訓詁，廣集漢魏以來諸家之説，爲其理學思想集中體現的代表作之一。

《論語》之名，始見於《禮記・坊記》：「子云：『君子馳其親之過，而敬其美。』《論語》曰：『三年無改於父之道，可謂孝矣。』」《論語》，是一部由孔子門人及再傳弟子所纂輯的孔子及其弟子的言行録，「《論語》者，孔子應答弟子、時人及弟子相與言而接聞於夫子之語也。當時弟子各有所記。夫子既卒，門人相與輯而論纂，故謂之《論語》。」（《漢書・藝文志》）

《論語》約成書於戰國初期。傳至西漢初，存有《魯論》《齊論》兩版，稱今文《論語》；其後，相傳又於孔壁中得《古論》二十一篇。西漢末，「安昌侯張禹，本受《魯論》，兼講《齊》説，善者從之，號曰《張侯論》，爲世所貴」（《論語集解・序》），此後，學者多從張氏之説，餘家漸不傳。

《論語》之注本，始見於西漢中葉。孔安國曾有《古文論語訓解》，今已不傳；又有何休《論語注訓》、馬融《論語注》。東漢末，鄭玄以《張侯論》爲基礎，參考《齊論》《古論》，爲之作注。至魏，何晏兼采鄭注及漢魏諸經學家之説，得《論語集解》；王肅撰《論語解》。此後，有梁皇侃《論語義疏》、宋邢昺《論語正義》，皆爲一時代表之作。至南宋，朱熹在吸收唐宋「四書」學思想的基礎上，融匯畢生所得，

撰成《論語集注》十卷，以闡釋宋代理學思想爲核心，博采漢魏舊注之精華，及兩宋數十家之注，將義理之説融入經文的訓讀中，集中體現了兩宋時期新儒學的發展進程。

朱熹受業於李侗，得二程之傳。朱熹深感各家《論語》注疏「於聖人之微意，則非程氏之儔矣」（《朱子新學案》），故刪去諸家注釋，唯二程之説是從，并擇其門徒、友人數家之注，補輯訂正，以成《論語要義》。後又思及其「訓詁略而義理詳」，恐不便於初學者之用，因此，「本之注疏，以通其訓詁；參之釋文，以正其音讀。然後會之於諸老先生之説，以發其精微。……又以平生所聞於師友而得於心思者，間附見一二條焉」（《朱子全書》），遂成《論語訓蒙口義》。宋乾道八年（一一七二），朱熹又集二程之説，兼「取夫學之有同於先生者，與其有得於先生者，若横渠張公、范氏、二吕氏、謝氏、游氏、楊氏、侯氏、尹氏，凡九家之説」（《朱子文集》），綜合各家之見，勘遺補缺，得《語孟精義》（或曰《論孟精義》），後更名爲《語孟要義》（亦稱《語孟集義》）。宋淳熙四年（一一七七），以《語孟要義》爲本，廣泛吸收宋以前的舊注，同時博采兩宋諸家之説，并於其後加入大量個人按語，終成《語孟集注》；又「疏其所以去取之意」（《紫陽年譜》），撰得《語孟或問》。朱熹解經時，將重點落於經文本身，「某集注《論語》，只是發明其辭，使人玩味經文，理皆在經文内」（《朱子語類》），認爲習經需先通文意，再探尋聖人所以作經之意及其所以用心。講究寓理於經中，兼顧訓詁、音讀，再集諸家之説，從理學思想的角度出發，探尋經文深意。

《論語集注》廣收博采，據統計，共徵引古今三十五家之注。相較於以義理思想闡釋爲核心的《論語精義》，《論語集注》更重視解讀經文本意。三十五家注中，包含漢魏以至唐宋各家之説。依其所處時代及學派之屬，大致可分爲三類。其一，宋以前的經學家，共八人：孔安國、馬融、服虔、揚雄、何晏、皇

侃、陸德明及趙伯循。此類注文引用篇幅不多，主要偏重訓詁、考證，且多將原注引入朱熹個人之訓釋及按語中，借以闡明經義。其二，宋代理學家，以二程及其門徒、友人爲主，其中占據主要篇幅的包含二程、尹焞、楊時、謝良佐、胡寅、侯仲良諸人之注。兩宋理學家注經，以偏重於説理爲特色，即在訓釋文本的基礎上，常融入大量義理解説，以發闡其理學思想。最後一類，爲兩宋非理學人士。理學陣營之外的諸家注，同樣得到了朱熹的重視，尤以范祖禹、蘇軾、吴棫、洪興祖、晁説之等人爲代表。從注釋内容上看，此類學者注經，除訓詁、音讀外，亦以文本爲關注重點，而與理學家不同的在於，非理學陣營學者在解經時，注重對文本相關歷史背景的介紹，通過補全史料，還原經文本義，從而更進一步實現釋經的目的。在各注家及注文的選取上，朱熹真正做到了摒棄門户之見，博采兼收，凡善皆存，而對原注的去取留存，及各家注文編列次序，亦有其獨特的考量方式。

《論語集注》是朱熹集畢生精力所撰成的理學代表作之一，體現了朱熹從學習二程思想，到發展、構建其自身理學理論體系的整個過程。《論語集注》與《大學章句》《中庸章句》及《孟子集注》合稱《四書章句集注》，是中國古代經學史上最有影響、最具代表性的經學圖書之一。「使北宋理學獲得論定，歸於一是，以上承孔孟義理傳統，實爲《集注》之功。朱子乃集宋儒理學與自漢以下經學之大成而綰於一身，而《集注》則其最高之結晶品也。」（《朱子新學案》）

「四書」之章句、集注各自成書，至四者合刊，歷經了一個不斷完善發展的過程。宋淳熙四年（一一七七），朱熹序定《大學章句》《中庸章句》，撰成《論語集注》《孟子集注》。成書後，曾多次單編或兩兩刊刻流傳。淳熙九年（一一八二），朱熹於浙東提舉任上，首次將「四書」合刻。淳熙十三年（一一八六），朱熹修訂「四書」，由詹儀之刻印於廣西靜江，趙汝愚刻印於四川成都。淳熙十五年（一一八八），又將其多年爲學所得，融入「四書」之章句注釋中，進行了一次較大範圍的修改，淳熙十六年（一一八九）再次序定《大學章句》《中庸章句》，紹熙三年（一一九二）由曾集刻印於南康，流行一時。其後，朱熹又對南康本加以修訂，并於慶元五年（一一九九）在建陽付梓，是爲最終定本，前此所刻皆是未定本。「四書」在朱熹生前雖曾多次刊印，《四書章句集注》之名却是後人合刻時所題。

今世所傳《四書章句集注》版本甚多，然究其版刻源流，大致依循以下兩條。

一、定本系統。舉要如次：宋當塗郡齋本，其中《論語集注》《孟子集注》爲宋嘉定十年（一二一七）宣城吴柔勝當塗郡齋刻嘉熙四年（一二四〇）淳祐八年（一二四八）十二年（一二五二）遞修本，《大學章句》《中庸章句》爲宋淳祐十二年（一二五二）金華馬光祖當塗郡齋刻本；另有殘宋本（缺《中庸章句》）及近年徐州市圖書館新發現之南宋晚期刻本。元延祐五年（一三一八）趙鳳儀温州路儒學刻本；元至正二十二年（一三六二）沈氏尚德堂刻本；元刻本（魏校批，袁克文跋）；元刻本（蔣培澤、高望曾、丁丙跋）；元燕山嘉氏刻上虞泳澤書院修補本，其覆刻底本爲「宣城舊本」，即宋當塗郡齋本。泳澤書院修補本《大學章句序》後有牌記，其中「學者共之，淳祐丙午」八字割裂填寫，僞作宋槧，清康熙内府覆刻，遂承其誤，民國十四年（一九二五）壽春孫多巘小墨妙亭翻刻清内府本，仍誤題作「覆宋淳祐本四書」。清嘉慶十六年（一八一一），吴縣吴志忠刻《四書章句集注》，以清内府覆元本等多種舊本及宋元人疏釋本相校，以求朱熹最後改定之本，校訂精審，極有功於朱注。

二、未定本系統。元延祐間，復啓科舉，《四書章句集注》懸爲功令，疏解之作層出不窮。元人倪士毅撰《四書輯釋》，偏主其師陳櫟《四書發明》，陳櫟則惟主宋人祝洙《四書附録》，然祝氏所用「四書」實非朱熹定本。明永樂間，胡廣等人奉敕撰《四書集注大全》，專主倪氏《四書輯釋》。明正統十二年（一四四七），司禮監據《四書集注大全》，盡删他家之注，唯存朱注，刻《四書章句集注》三十卷，遂成欽定之本。此後，明清兩代通行本《四書章句集注》幾乎皆源出司禮監本，影響深遠。

讀論語孟子法

程子曰學者當以論語孟子爲本論語孟子既治則六經可不治而明矣讀書者當觀聖人所以作經之意與聖人所以用心聖人之所以至於聖人而吾之所以未至者所以未得者句句而求之晝誦而味之中夜而思之平其心易其氣闕其疑則聖人之意可見矣

程子曰凡看文字須先曉其文義然後可以求其意未有不曉文義而見意者也

程子曰學者須將論語中諸弟子問處便作自己問聖人答處便作今日耳聞自然有得雖孔孟復生不過以此教人若能於語孟中深求

讀論語孟子法

玩味將來涵養成甚生氣質

程子曰凡看語孟且須熟讀玩味須將聖人言語切己不可只作一場話說人只看得此二書切己終身儘多也○又曰論孟只剩讀著便自意足學者須是玩味若以語言解著意便不足

或問且將論孟緊要處看如何程子曰固是好但終是不浹洽耳

程子曰孔子言語句句是自然孟子言語句句是事實

程子曰學者先讀論語孟子如尺度權衡相似以此去量度事物自然見得長短輕重○又曰讀論語孟子而不知道所謂雖多亦奚以為

論語

朱熹集註序說

史記世家曰孔子名丘字仲尼其先宋人父叔梁紇母顏氏以魯襄公二十二年庚戌之歲十一月庚子生孔子於魯昌平鄉陬邑為兒嬉戲常陳俎豆設禮容及長為委吏料量平委吏本作季氏史索隱云一本作委吏與孟子合今從之為司職吏畜蕃息職見周禮牛人讀為樴義與杙同蓋繫養犧牲之所此官即孟子所謂乘田適周問禮於老子既反而弟子益進昭公二十五年甲申孔子年三十五而昭公奔齊魯亂於是適齊為高昭子家臣以通乎景公有聞韶問政二事公欲封以尼谿之田晏嬰不可公惑之有季孟吾老之語孔

子遂行反乎魯定公元年壬辰
孔子年四十三而季氏強僭其
臣陽虎作亂專政故孔子不仕
而退修詩書禮樂弟子彌衆九
年庚子孔子年五十一公山不
狃以費畔季氏召孔子欲往而
卒不行有答子路東周語定公以孔子爲
中都宰一年四方則之遂爲司
空又爲大司寇十年辛丑相定
公會齊侯于夾谷齊人歸魯侵
地十二年癸卯使仲由爲季氏
宰墮三都收其甲兵孟氏不肯
墮成圍之不克十四年乙巳孔
子年五十六攝行相事誅少正
卯與聞國政三月魯國大治齊
人歸女樂以沮之季桓子受之

郊又不致膰俎於大夫孔子行。魯世家以此以上皆爲十二年事適衛。主於子路妻兄顏濁鄒家。孟子作顏讎由適陳過匡。匡人以爲陽虎而拘之。有顏淵後既解。還衛。主蘧伯玉家。及文王既沒之語見南子。有矢子路及未見好德之語去適宋。司馬桓魋欲殺之。有天生德語及微服過宋事又去適陳。主司城貞子家。居三歲

而反于衛。靈公不能用。有三年有成之語晉趙氏家臣佛肸以中牟畔。召孔子。孔子欲往。亦不果。有答子路堅白語及荷蕢過門事將西見趙簡子。至河而反。又主蘧伯玉家。靈公問陳。不對而行。復如陳。據論語則絕糧當在此時季桓子卒。遺言謂康子必召孔子。其臣止之。康子乃召冉求。史記以論語歸與之

歎。爲在此時。又以孟子所記歎詞。爲主司城貞子時語。疑不然。蓋語孟所記。本皆此一時語。而所記有異同耳孔子如蔡及葉。有葉公問答子路不對。沮溺耦耕荷蓧丈人等事。史記云。於是楚昭王使人聘孔子。孔子將往拜禮。而陳蔡大夫發徒圍之。故孔子絕糧於陳蔡之間。有慍見及告子貢一貫之語。按是時陳蔡臣服於楚。若楚王來聘孔子。陳蔡大夫安敢圍之。且據論語絕糧。當在去衞如陳之時楚昭王將以書社地封孔子。令尹子西不可。乃止。史記云。書社地七百里。恐無此理。時則有接輿之歌又反乎

衞。時靈公已卒。衞君輒欲得孔子爲政。有魯衞兄弟及答子貢夷齊子路正名之語而冉求爲季氏將。與齊戰有功。康子乃召孔子。而孔子歸魯。魯哀公之十一年丁巳。而孔子年六十八矣。有對哀公及康子語然魯終不能用孔子。孔子亦不求仕。乃敘書傳禮記。有杞宋損益從周等語刪詩正樂。有語太師及樂正之

問以為一篇。有兩子張。凡二十一篇。篇次不與齊魯論同。

程子曰。論語之書。成於有子曾子之門人。故其書獨二子以子稱。

程子曰。讀論語。有讀了全然無事者。有讀了後。其中得一兩句喜者。有讀了後。知好之者。有讀了後直有不知手之舞之足之蹈之者。

程子曰。今人不會讀書。如讀論語。未讀時。是此等人。讀了後。又只是此等人。便是不曾讀。

程子曰。頤自十七八讀論語。當時已曉文義。讀之愈久。但覺意味深長。

論語卷之一

朱熹集註

學而第一

此爲書之首篇故所記多務本之意乃入道之門積德之基學者之先務也凡十六章

子曰學而時習之不亦說乎說悅同

學之爲言效也人性皆善而覺有先後後覺者必效先覺之所爲乃可以明善而復其初也習鳥數飛也學之不已如鳥數飛也說喜意也既學而又時時習之則所學者熟而中

心喜說其進自不能已矣程子曰習重習也時復思繹浹洽於中則說也又曰學者將以行之也時習之則所學者在我故說謝氏曰時習者無時而不習坐如尸坐時習也立如齊立時習也

有朋自遠方來不亦樂乎樂音洛

朋同類也自遠方來則近者可知程子曰以善及人而信從者衆故可樂又曰說在心樂主發散在外

人不知而不慍不亦君子乎慍紆問反

慍含怒意君子成德之名尹氏曰學在己知不知在人何慍之有程子曰雖樂於及人不

見是而無悶乃所謂君子愚謂及人而樂者順而易不知而不慍者逆而難故惟成德者能之然德之所以成亦曰學之正習之熟說之深而不已焉耳○程子曰樂由說而後得非樂不足以語君子

○有子曰其爲人也孝弟而好犯上者鮮矣不好犯上而好作亂者未之有也

弟好皆去聲鮮上聲下同

有子孔子弟子名若善事父母爲孝善事兄長爲弟犯上謂干犯在上之人鮮少也作亂則爲悖逆爭鬪之事矣此言人能孝弟則其心和順少好犯上必不好作亂也

君子務本本立而道生孝弟也者其爲仁之本與

與平聲

務專力也本猶根也仁者愛之理心之德也爲仁猶曰行仁與者疑辭謙退不敢質言也言君子凡事專用力於根本根本既立則其道自生若上文所謂孝弟乃是爲仁之本學者務此則仁道自此而生也○程子曰孝弟順德也故不好犯上豈復有逆理亂常之事德有本本立則其道充大孝弟行於家而後仁愛及於物所謂親親而仁民也故爲仁以孝弟爲本論性則以仁爲孝弟之本或問孝弟爲仁之本此是由孝弟可以至仁否曰非也謂行仁自孝弟始孝弟是仁之一事謂之行仁之本則可謂是仁之本則不可蓋仁是

性也孝弟是用也性中只有箇仁義禮智四者而已曷嘗有孝弟來然仁主於愛愛莫大於愛親故曰孝弟也者其爲仁之本與

○子曰巧言令色鮮矣仁

巧好令善也好其言善其色致飾於外務以悅人則人欲肆而本心之德亡矣聖人詞不迫切專言鮮則絕無可知學者所當深戒也○程子曰知巧言令色之非仁則知仁矣

○曾子曰吾日三省吾身爲人謀而不忠乎與朋友交而不信乎傳不習乎

省悉井反爲去聲傳平聲

曾子孔子弟子名參字子輿盡己之謂忠以實之謂信傳謂受之於師習謂熟之於己曾子以此三者日省其身有則改之無則加勉其自治誠切如此可謂得爲學之本矣而三者之序則又以忠信爲傳習之本也○尹氏曰曾子守約故動必求諸身謝氏曰諸子之學皆出於聖人其後愈遠而愈失其真獨曾子之學專用心於內故傳之無弊觀於子思孟子可見矣惜乎其嘉言善行不盡傳於世也其幸存而未泯者學者其可不盡心乎

○子曰道千乘之國敬事而信節用而愛人使民以時

道乘皆去聲

道治也千乘諸侯之國其地可出兵車千乘者也敬者主一無適之謂敬事而信者敬其

事而信於民也。時，謂農隙之時。言治國之要在此五者，亦務本之意也。○程子曰：此言至淺，然當時諸侯果能此，亦足以治其國矣。聖人言雖至近，上下皆通。此三言者，若推其極，堯舜之治亦不過此。若常人之言近，則淺近而已矣。楊氏曰：上不敬則下慢，不信則下疑，下慢而疑，事不立矣。敬事而信，以身先之也。易曰：節以制度，不傷財，不害民。蓋侈用則傷財，傷財必至於害民，故愛民必先於節用。然使之不以其時，則力本者不獲自盡，雖有愛人之心，而人不被其澤矣。然此特論其所存而已，未及爲政也。苟無是心，則雖有政不行焉。胡氏曰：凡此數者，又皆以敬爲主。愚謂五者反復相因，各有次第，讀者宜細推之。

○子曰：弟子入則孝，出則弟，謹而信，

汎愛衆，而親仁。行有餘力，則以學文。

弟子之弟，上聲。則弟之弟，去聲。

謹者，行之有常也。信者，言之有實也。汎，廣也。衆，謂衆人。親，近也。仁，謂仁者。餘力，猶言暇日。以，用也。文，謂詩書六藝之文。○程子曰：爲弟子之職，力有餘則學文，不修其職而先文，非爲己之學也。尹氏曰：德行，本也。文藝，末也。窮其本末，知所先後，可以入德矣。洪氏曰：未有餘力而學文，則文滅其質；有餘力而不學文，則質勝而野。愚謂力行而不學文，則無以考聖賢之成法，識事理之當然，而所行或出於私意，非但失之於野而已。

○子夏曰：賢賢易色，事父母能竭其

力事君能致其身與朋友交言而有信雖曰未學吾必謂之學矣

子夏，孔子弟子，姓卜，名商。賢人之賢，而易其好色之心，好善有誠也。致，猶委也。委致其身，謂不有其身也。四者皆人倫之大者，而行之必盡其誠，學求如是而已。故子夏言有能如是之人，苟非生質之美，必其務學之至。雖或以為未嘗為學，我必謂之已學也。○游氏曰：三代之學，皆所以明人倫也。能是四者，則於人倫厚矣。學之為道，何以加此。子夏以文學名，而其言如此，則古人之所謂學者可知矣。故學而一篇，大抵皆在於務本。吳氏曰：子夏之言，其意善矣。然辭氣之間，抑揚太過，其流之弊，將或至於廢學。必若上章夫子之言，然後為無弊也。

○子曰君子不重則不威學則不固

重，厚重。威，威嚴。固，堅固也。輕乎外者，必不能堅乎內，故不厚重則無威嚴，而所學亦不堅固也。

主忠信

人不忠信，則事皆無實，為惡則易，為善則難，故學者必以是為主焉。○程子曰：人道惟在忠信，不誠則無物，且出入無時，莫知其鄉者，人心也。若無忠信，豈復有物乎？

無友不如己者

無毋通。禁止辭也。友所以輔仁，不如己則無益而有損。

過則勿憚改。

勿亦禁止之辭。憚，畏難也。自治不勇，則惡日長，故有過則當速改，不可畏難而苟安也。程子曰：學問之道無他也，知其不善則速改以從善而已。○程子曰：君子自脩之道當如是也。游氏曰：君子之道以威重為質，而學以成之。學之道必以忠信為主，而以勝己者輔之。然或吝於改過，則終無以入德，而賢者亦未必樂告以善道，故以過勿憚改終焉。

○曾子曰：慎終追遠，民德歸厚矣。

慎終者，喪盡其禮。追遠者，祭盡其誠。民德歸厚，謂下民化之，其德亦歸於厚。蓋終者，人之所易忽也，而能謹之；遠者，人之所易忘也，而能追之：厚之道也。故以此自為，則己之德厚，下民化之，則其德亦歸於厚也。

肓

○子禽問於子貢曰：夫子至於是邦也，必聞其政，求之與？抑與之與？之與之與平聲，下同。

子禽，姓陳，名亢。子貢，姓端木，名賜。皆孔子弟子。或曰：亢，子貢弟子。未知孰是。抑，反語辭。

子貢曰：夫子溫良恭儉讓以得之。夫子之求之也，其諸異乎人之求之與？

溫和厚也。良易直也。恭莊敬也。儉節制也。讓謙遜也。五者夫子之盛德光輝接於人者也。其諸語辭也。人他人也。言夫子未嘗求之。但其德容如是。故時君敬信。自以其政就而問之耳。非若他人必求之而後得也。聖人過化存神之妙未易窺測。然即此而觀。則其德盛禮恭而不願乎外。亦可見矣。學者所當潛心而勉學也。○謝氏曰。學者觀於聖人威儀之間。亦可以進德矣。若子貢亦可謂善觀聖人矣。亦可謂善言德行矣。今去聖人千五百年。以此五者想見其形容。尚能使人興起。而況於親炙之者乎。張敬夫曰。夫子至是邦必聞其政。而未有能委國而授之以政者。蓋見聖人之儀刑而樂告之者。秉彝好德之良心也。而私欲害之。是以終不能用耳

○子曰。父在觀其志。父沒觀其行。三年無改於父之道。可謂孝矣。行去聲

父在子不得自專。而志則可知。父沒然後其行可見。故觀此足以知其人之善惡。然又必能三年無改於父之道。乃見其孝。不然則所行雖善亦不得爲孝矣。○尹氏曰。如其道雖終身無改可也。如其非道何待三年。然則三年無改者。孝子之心有所不忍故也。游氏曰。三年無改。亦謂在所當改而可以未改者耳

○有子曰。禮之用。和爲貴。先王之道斯爲美。小大由之。

禮者天理之節文。人事之儀則也。和者從容不迫之意。蓋禮之爲體雖嚴。然皆出於自然之理。故其爲用。必從容而不迫。乃爲可貴。先王之道。此其所以爲美。而小事大事無不由之也。

有所不行。知和而和。不以禮節之。亦不可行也。

承上文而言。如此而復有所不行者。以其徒知和之爲貴。而一於和。不復以禮節之。則亦非復禮之本然矣。所以流蕩忘反。而亦不可行也。○程子曰。禮勝則離。故禮之用和爲貴。先王之道以斯爲美。而小大由之。樂勝則流。故有所不行者。知和而和。不以禮節之。亦不可行。

范氏曰。凡禮之體主於敬。而其用則以和爲貴。敬者。禮之所以立也。和者。樂之所由生也。若有子可謂達禮樂之本矣。愚謂嚴而泰。和而節。此理之自然。禮之全體也。毫釐有差。則失其中正。而各倚於一偏。其不可行均矣。

○有子曰。信近於義。言可復也。恭近於禮。遠恥辱也。因不失其親。亦可宗也。

近遠皆去聲

信。約信也。義者。事之宜也。復。踐言也。恭。致敬也。禮。節文也。因。猶依也。宗。猶主也。言約信而合其宜。則言必可踐矣。致恭而中其節。則能遠恥辱矣。所依者不失其可親之人。則亦可

以宗而主之矣。此言人之言行交際皆當謹之於始而慮其所終。不然則因仍苟且之間將有不勝其自失之悔者矣。

○子曰君子食無求飽居無求安敏於事而慎於言就有道而正焉可謂好學也已。好去聲

不求安飽者志有在而不暇及也。敏於事者勉其所不足。慎於言者不敢盡其所有餘也。然猶不敢自是而必就有道之人以正其是非則可謂好學矣。凡言道者皆謂事物當然之理人之所共由者也。○尹氏曰君子之學能是四者可謂篤志力行者矣。然不取正於

有道未免有差。如楊墨學仁義而差者也其流至於無父無君謂之好學可乎

○子貢曰貧而無諂富而無驕何如子曰可也未若貧而樂富而好禮者也。樂音洛好去聲

諂卑屈也驕矜肆也常人溺於貧富之中而不知所以自守故必有二者之病無諂無驕則知自守矣而未能超乎貧富之外也凡曰可者僅可而有所未盡之辭也樂則心廣體胖而忘其貧好禮則安處善樂循理亦不自知其富矣子貢貨殖蓋先貧後富而嘗用力於自守者故以此為問而夫子答之如此蓋許其所已能而勉其所未至也

子貢曰詩云如切如磋如琢如磨其斯之謂與磋七多反與平聲

詩衛風淇奧之篇言治骨角者既切之而復磋之治玉石者既琢之而復磨之治之已精而益求其精也子貢自以無諂無驕爲至矣聞夫子之言又知義理之無窮雖有得焉而未可遽自足也故引是詩以明之

子曰賜也始可與言詩已矣告諸往而知來者

往者其所已言者來者其所未言者○愚按此章問答其淺深高下固不待辨說而明矣然不切則磋無所施不琢則磨無所措故學者雖不可安於小成而不求造道之極致亦不可騖於虛遠而不察切己之實病也

○子曰不患人之不己知患不知人也

尹氏曰君子求在我者故不患人之不己知不知人則是非邪正或不能辨故以爲患也

爲政第二

凡二十四章

子曰爲政以德譬如北辰居其所而

衆星共之。共音拱，亦作拱。

政之爲言正也，所以正人之不正也。德之爲言得也，行道而有得於心也。北辰，北極，天之樞也。居其所，不動也。共，向也，言衆星四面旋繞而歸向之也。爲政以德，則無爲而天下歸之，其象如此。○程子曰：「爲政以德，然後無爲。」范氏曰：「爲政以德，則不動而化，不言而信，無爲而成。所守者至簡而能御煩，所處者至靜而能制動，所務者至寡而能服衆。」

○子曰：「詩三百，一言以蔽之，曰『思無邪』。」

詩三百十一篇，言三百者，舉大數也。蔽，猶蓋也。「思無邪」，魯頌駉篇之辭。凡詩之言，善者可以感發人之善心，惡者可以懲創人之逸志，其用歸於使人得其情性之正而已。然其言微婉，且或各因一事而發，求其直指全體，則未有若此之明且盡者。故夫子言詩三百篇，而惟此一言足以盡蓋其義，其示人之意亦深切矣。○程子曰：「『思無邪』者，誠也。」范氏曰：「學者必務知要，知要則能守約，守約則足以盡博矣。經禮三百，曲禮三千，亦可以一言以蔽之，曰『毋不敬』。」

○子曰：「道之以政，齊之以刑，民免而無恥；道音導，下同。

道，猶引導，謂先之也。政，謂法制禁令也。齊，所以一之也。道之而不從者，有刑以一之也。免

而無恥。謂苟免刑罰。而無所羞愧。蓋雖不敢為惡。而為惡之心未嘗亡也。

道之以德。齊之以禮。有恥且格。

禮。謂制度品節也。格。至也。言躬行以率之。則民固有所觀感而興起矣。而其淺深厚薄之不一者。又有禮以一之。則民恥於不善。而又有以至於善也。一說。格。正也。書曰。格其非心。○愚謂政者。為治之具。刑者。輔治之法。德禮則所以出治之本。而德又禮之本也。此其相為終始。雖不可以偏廢。然政刑能使民遠罪而已。德禮之效。則有以使民日遷善而不自知。故治民者不可徒恃其末。又當深探其本也。

○子曰。吾十有五而志于學。

古者十五而入大學。心之所之謂之志。此所謂學。即大學之道也。志乎此。則念念在此而為之不厭矣。

三十而立。

有以自立。則守之固。而無所事志矣。

四十而不惑。

於事物之所當然。皆無所疑。則知之明。而無所事守矣。

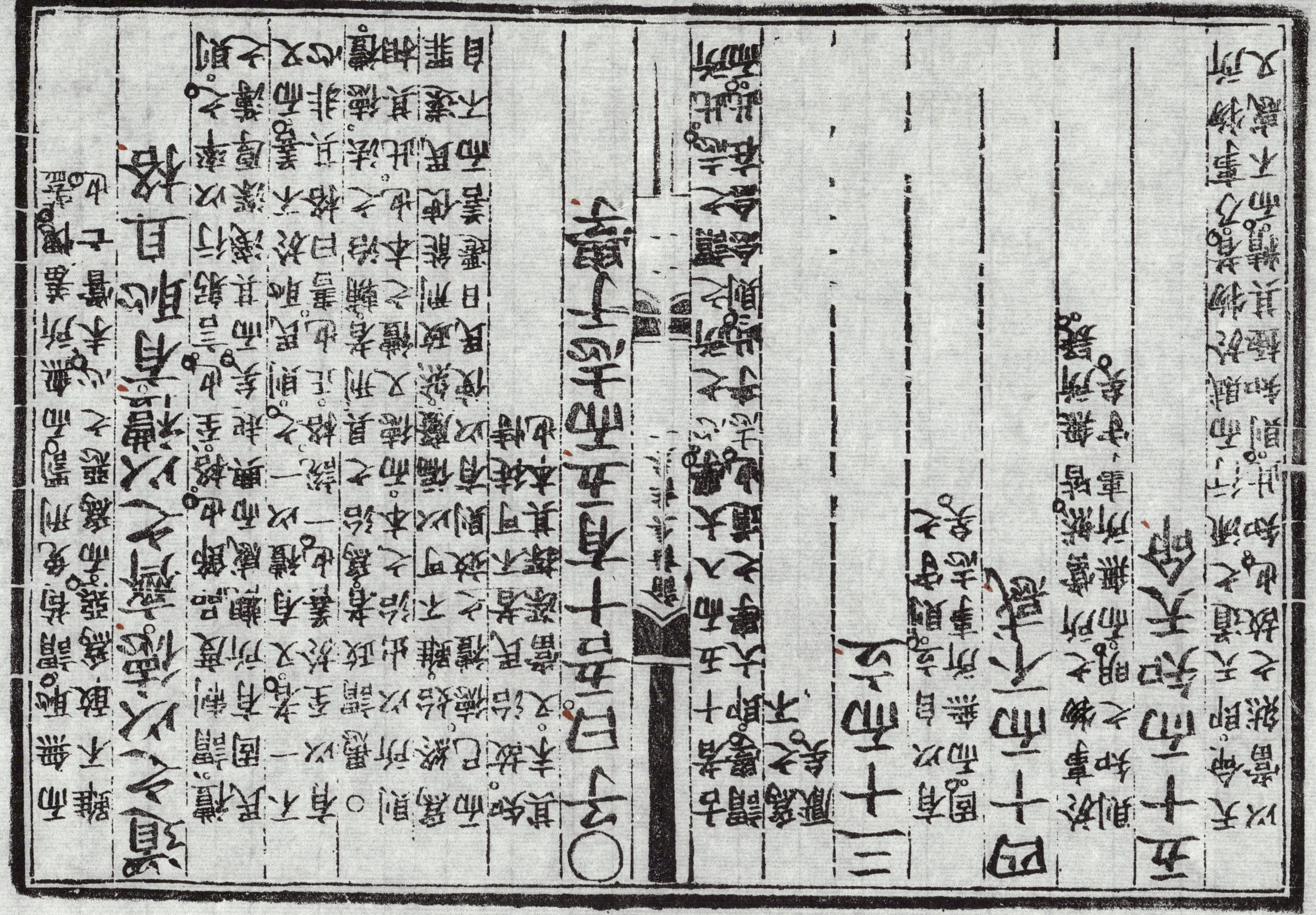

五十而知天命。

天命。即天道之流行而賦於物者。乃事物所以當然之故也。知此。則知極其精。而不惑又

不足言矣。

六十而耳順，

聲入心通，無所違逆，知之之至，不思而得也。

七十而從心所欲，不踰矩。從，如字。

從，隨也。矩，法度之器，所以爲方者也。隨其心之所欲，而自不過於法度，安而行之，不勉而中也。○程子曰：孔子生而知者也，言亦由學而至，所以勉進後人也。立，能自立於斯道也。不惑，則無所疑矣。知天命，窮理盡性也。耳順，所聞皆通也。從心所欲不踰矩，則不勉而中矣。又曰：孔子自言其進德之序如此者，聖人未必然，但爲學者立法，使之盈科而後進，成章而後達耳。胡氏曰：聖人之教亦多術，然其要使人不失其本心而已。欲得此心者，惟志乎聖人所示之學，循其序而進焉。至於一疵不存、萬理明盡之後，則其日用之間，本心瑩然，隨所意欲，莫非至理。蓋心即體，欲即用，體即道，用即義，聲爲律而身爲度矣。又曰：聖人言此，一以示學者當優游涵泳，不可躐等而進；二以示學者當日就月將，不可半途而廢也。愚謂聖人生知安行，固無積累之漸，然其心未嘗自謂已至此也。是其日用之間，必有獨覺其進而人不及知者。故因其近似以自名，欲學者以是爲則而自勉，非心實自聖而姑爲是退託也。後凡言謙辭之屬，意皆放此。

○孟懿子問孝。子曰：無違。

孟懿子魯大夫仲孫氏名何忌。無違謂不背於理。

樊遲御子告之曰孟孫問孝於我我對曰無違

樊遲孔子弟子名須。御爲孔子御車也。孟孫即仲孫也。夫子以懿子未達而不能問恐其失指而以從親之令爲孝故語樊遲以發之。

樊遲曰何謂也子曰生事之以禮死葬之以禮祭之以禮

生事葬祭事親之始終具矣。禮即理之節文也。人之事親自始至終一於禮而不苟其尊親也至矣。是時三家僭禮故夫子以是警之然語意渾然又若不專爲三家發者所以爲聖人之言也。○胡氏曰人之欲孝其親心雖無窮而分則有限得爲而不爲與不得爲而爲之均於不孝所謂以禮者爲其所得爲者而已矣。

○孟武伯問孝子曰父母唯其疾之憂

武伯懿子之子名彘。言父母愛子之心無所不至惟恐其有疾病常以爲憂也。人子體此而以父母之心爲心則凡所以守其身者自不容於不謹矣豈不可以爲孝乎。舊說人子能使父母不以其陷於不義爲憂而獨以其疾爲憂乃可謂孝亦通。

○子游問孝。子曰：今之孝者，是謂能養。至於犬馬，皆能有養。不敬，何以別乎？

養，去聲。別，彼列反。○子游，孔子弟子，姓言，名偃。養，謂飲食供奉也。犬馬待人而食，亦若養然。言人畜犬馬，皆能有以養之，若能養其親而敬不至，則與養犬馬者何異。甚言不敬之罪，所以深警之也。○胡氏曰：世俗事親，能養足矣。狎恩恃愛，而不知其漸流於不敬，則非小失也。子游聖門高弟，未必至此，聖人直恐其愛踰於敬，故以是深警發之也。

○子夏問孝。子曰：色難。有事，弟子服其勞；有酒食，先生饌，曾是以為孝乎？

色難，謂事親之際，惟色為難也。食，飯也。先生，父兄也。饌，飲食之也。曾，猶嘗也。蓋孝子之有深愛者，必有和氣；有和氣者，必有愉色；有愉色者，必有婉容；故事親之際，惟色為難耳，服勞奉養未足為孝也。舊說，承順父母之色為難，亦通。○程子曰：告懿子，告衆人者也。告武伯者，以其人多可憂之事。子游能養，而或失於敬。子夏能直義，而或少溫潤之色。各因其材之高下，與其所失而告之，故不同也。

○子曰：吾與回言終日，不違，如愚。退而省其私，亦足以發，回也不愚。

回孔子弟子姓顏字子淵不違者意不相背有聽受而無問難也私謂燕居獨處非進見請問之時發謂發明所言之理愚聞之師曰顏子深潛純粹其於聖人體段已具其聞夫子之言默識心融觸處洞然自有條理故終日言但見其不違如愚人而已及退省其私則見其日用動靜語默之間皆足以發明夫子之道坦然由之而無疑然後知其不愚也

○子曰視其所以以爲也爲善者爲君子爲惡者爲小人

觀其所由觀比視爲詳矣由從也事雖爲善而意之所從來者有未善焉則亦不得爲君子矣或曰

由行也謂所以行其所爲者也

察其所安察則又加詳矣安所樂也所由雖善而心之所樂者不在於是則亦僞耳豈能久而不變哉

人焉廋哉人焉廋哉焉於虔反廋所留反

焉何也廋匿也重言以深明之○程子曰在己者能知言窮理則能以此察人如聖人也

○子曰溫故而知新可以爲師矣

溫尋繹也故者舊所聞新者今所得言學能時習舊聞而每有新得則所學在我而其應不窮故可以爲人師若夫記問之學則無得於心而所知有限故學記譏其不足以爲人

師。正與此意互相發也。

○子曰。君子不器。

器者。各適其用而不能相通。成德之士。體無不具。故用無不周。非特爲一才一藝而已。

○子貢問君子。子曰。先行其言。而後從之。

周氏曰。先行其言者。行之於未言之前。而後從之者。言之於既行之後。○范氏曰。子貢之患。非言之艱而行之艱。故告之以此。

○子曰。君子周而不比。小人比而不周。比，必二反。

周。普徧也。比。偏黨也。皆與人親厚之意。但周公而比私耳。○君子小人所爲不同。如陰陽晝夜。每每相反。然究其所以分。則在公私之際。毫釐之差耳。故聖人於周比和同驕泰之屬。常對擧而互言之。欲學者察乎兩閒。而審其取舍之幾也。

○子曰。學而不思則罔。思而不學則殆。

不求諸心。故昏而無得。不習其事。故危而不安。○程子曰。博學審問愼思明辨篤行五者。廢其一。非學也。

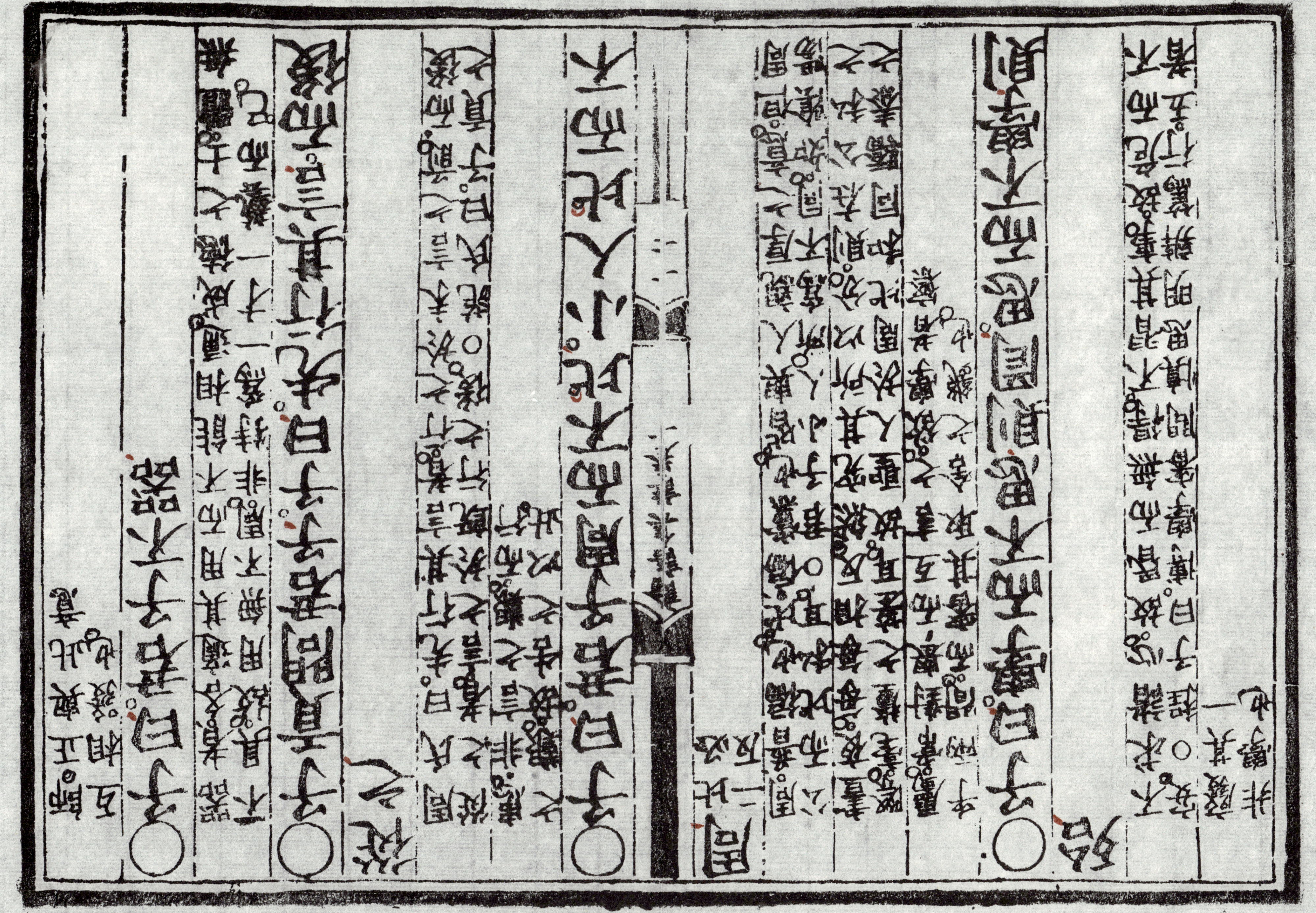

[illegible]…子曰…[illegible]
[illegible]○[illegible]君子[illegible]不[illegible]
[illegible]
○子曰[illegible]小人[illegible]
[illegible]問[illegible]
○子曰[illegible]
[illegible]
○子曰[illegible]不器[illegible]
[illegible]五與九章

○子曰攻乎異端斯害也已

范氏曰攻專治也故治木石金玉之工曰攻異端非聖人之道而別爲一端如楊墨是也其率天下至於無父無君專治而欲精之爲害甚矣○程子曰佛氏之言比之楊墨尤爲近理所以其害爲尤甚學者當如淫聲美色以遠之不爾則駸駸然入於其中矣

○子曰由誨女知之乎知之爲知之不知爲不知是知也 女音汝

由孔子弟子姓仲字子路子路好勇蓋有强其所不知以爲知者故夫子告之曰我教女以知之之道乎但所知者則以爲知所不知者則以爲不知如此則雖或不能盡知而無自欺之蔽亦不害其爲知矣况由此而求之又有可知之理乎

○子張學干祿

子張孔子弟子姓顓孫名師干求也祿仕者之奉也

子曰多聞闕疑慎言其餘則寡尤多見闕殆慎行其餘則寡悔言寡尤行寡悔祿在其中矣 行寡之行去聲

呂氏曰疑者所未信殆者所未安程子曰尤罪自外至者也悔理自內出者也愚謂多聞見者學之博闕疑殆者擇之精謹言行者守之約凡言在其中者皆不求而自至之辭言

此以救子張之失而進之也。○程子曰。修天爵則人爵至。君子言行能謹。得祿之道也。子張學干祿。故告之以此。使定其心而不爲利祿動。若顔閔則無此問矣。或疑如此亦有不得祿者。孔子蓋曰耕也餒在其中。惟理可爲者爲之而已矣

○哀公問曰。何爲則民服。孔子對曰。舉直錯諸枉。則民服。舉枉錯諸直。則民不服。

哀公。魯君。名蔣。凡君問。皆稱孔子對曰者。尊君也。錯。捨置也。諸。衆也。程子曰。舉錯得義。則人心服。○謝氏曰。好直而惡枉。天下之至情也。順之則服。逆之則去。必然之理也。然或無

道以照之。則以直爲枉。以枉爲直者多矣。是以君子大居敬而貴窮理也。

○季康子問使民敬忠以勸。如之何。子曰。臨之以莊則敬。孝慈則忠。舉善而教不能則勸。

季康子。魯大夫季孫氏名肥。莊。謂容貌端嚴也。臨民以莊。則民敬於已。孝於親。慈於衆。則民忠於已。善者舉之。而不能者教之。則民有所勸而樂於爲善。○張敬夫曰。此皆在我所當爲。非爲欲使民敬忠以勸而爲之也。然能如是。則其應蓋有不期然而然者矣。

○或謂孔子曰。子奚不爲政。

定公初年，孔子不仕，故或人疑其不為政也。

子曰：「書云孝乎！惟孝友于兄弟，施於有政。是亦為政，奚其為為政？」

書，周書君陳篇。書云孝乎者，言書之言孝如此也。善兄弟曰友。書言君陳能孝於親，友於兄弟，又能推廣此心，以為一家之政。孔子引之，言如此，則是亦為政矣，何必居位乃為為政乎？蓋孔子之不仕，有難以語或人者，故託此以告之，要之至理亦不外是。

○子曰：「人而無信，不知其可也。大車無輗，小車無軏，其何以行之哉？」

輗，五兮反。軏，音月。

大車，謂平地任載之車。輗，轅端橫木，縛軛以駕牛者。小車，謂田車、兵車、乘車。軏，轅端上曲，鉤衡以駕馬者。車無此二者，則不可以行，人而無信，亦猶是也。

○子張問：「十世可知也？」

陸氏曰：「也，一作乎。」○王者易姓受命為一世。子張問自此以後，十世之事，可前知乎？

子曰：「殷因於夏禮，所損益，可知也；周因於殷禮，所損益，可知也。其或繼周者，雖百世可知也。」

馬氏曰所因謂三綱五常所損益謂文質三統愚按三綱謂君爲臣綱父爲子綱夫爲妻綱五常謂仁義禮智信文質謂夏尚忠商尚質周尚文三統謂夏正建寅爲人統商正建丑爲地統周正建子爲天統三綱五常禮之大體三代相繼皆因之而不能變其所損益不過文章制度小過不及之間而其已然之迹今皆可見則自今以往或有繼周而王者雖百世之遠所因所革亦不過此豈但十世而已乎聖人所以知來者蓋如此非若後世讖緯術數之學也○胡氏曰子張之問蓋欲知來而聖人言其既往者以明之也夫自身以至於天下不可一日而無禮天叙天秩人所共由禮之本也商不能改乎夏周不能改乎商所謂天地之常經也若乃制度文爲或太過則當損或不足則當益益之損之

與時宜之而所因者不壞是古今之通義也因往推來雖百世之遠不過如此而已矣

○子曰非其鬼而祭之諂也

非其鬼謂非其所當祭之鬼諂求媚也

見義不爲無勇也

知而不爲是無勇也

論語卷之一

論語卷之二

八佾第三

凡二十六章。通前篇末二章，皆論禮樂之事。

朱熹集註

孔子謂季氏，八佾舞於庭，是可忍也，孰不可忍也？

佾，音逸。

季氏，魯大夫季孫氏也。佾，舞列也。天子八，諸侯六，大夫四，士二。每佾人數，如其佾數。或曰：每佾八人。未詳孰是。季氏以大夫而僭用天子之禮樂，孔子言其此事尚忍爲之，則何事不可忍爲。

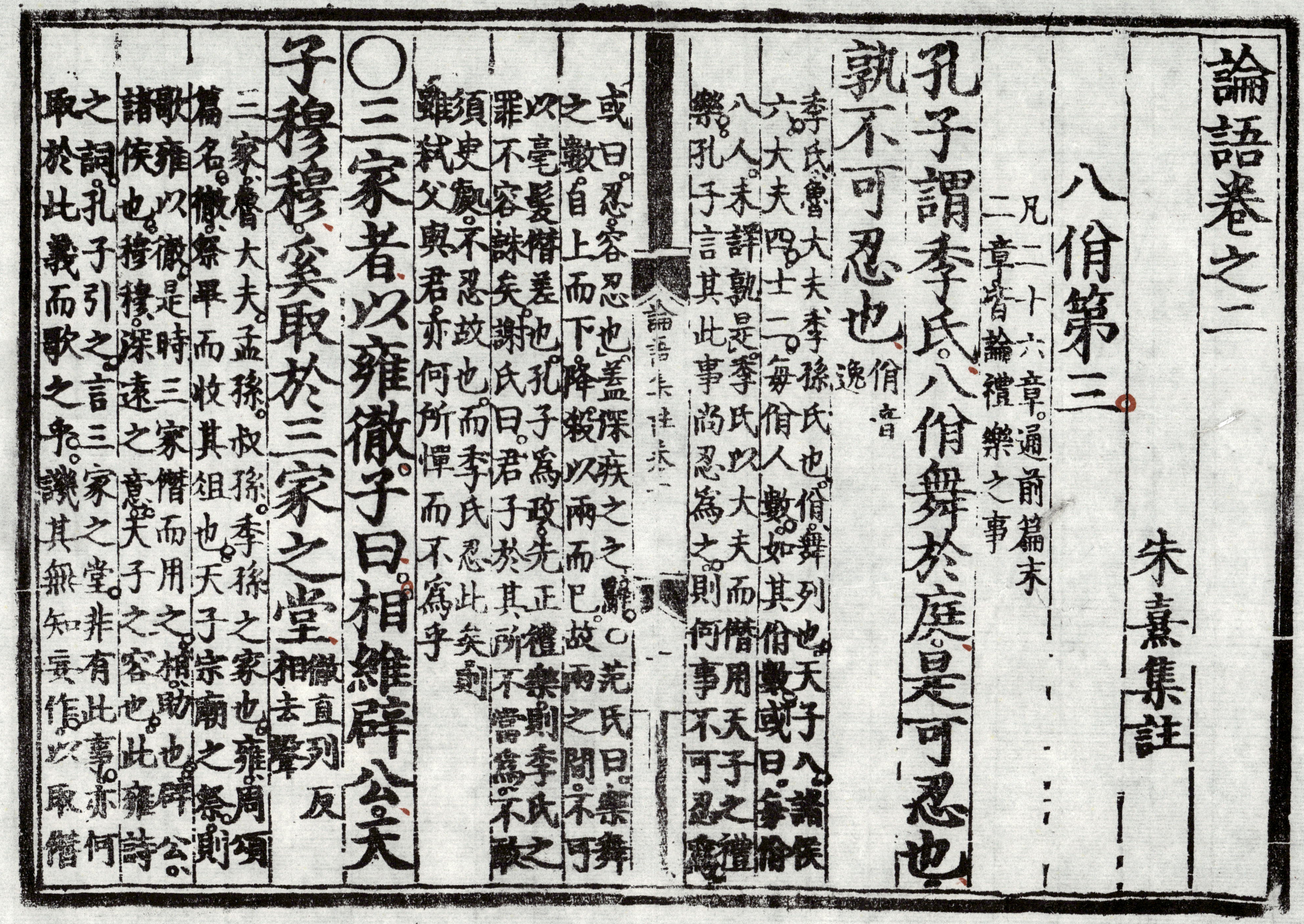

或曰：忍，容忍也。蓋深疾之之辭。○范氏曰：樂舞之數，自上而下，降殺以兩而已，故兩之間，不可以毫髮僭差也。孔子爲政，先正禮樂，則季氏之罪不容誅矣。謝氏曰：君子於其所不當爲不敢須臾處，不忍故也。而季氏忍此矣，則雖弒父與君，亦何所憚而不爲乎？

○三家者以雍徹。子曰：相維辟公，天子穆穆，奚取於三家之堂？

徹，直列反。相，去聲。

三家，魯大夫孟孫、叔孫、季孫之家也。雍，周頌篇名。徹，祭畢而收其俎也。天子宗廟之祭，則歌雍以徹，是時三家僭而用之。相，助也。辟公，諸侯也。穆穆，深遠之意，天子之容也。此雍詩之辭，孔子引之，言三家之堂非有此事，亦何取於此義而歌之乎？譏其無知妄作，以取僭

竊之罪○程子曰周公之功固大矣皆臣子
之分所當爲魯安得獨用天子禮樂哉成王
之賜伯禽之受皆非也其因襲之弊遂使
季氏僭八佾三家僭雍徹故仲尼譏之

○子曰人而不仁如禮何人而不仁
如樂何

游氏曰人而不仁則人心亡矣其如禮樂何
哉言雖欲用之而禮樂不爲之用也○程子
曰仁者天下之正理失正理則無序而不和
李氏曰禮樂待人而後行苟非其人則雖玉
帛交錯鐘鼓鏗鏘亦將如之何哉然記者序
此於八佾雍徹之後疑其爲僭禮樂者發也

○林放問禮之本

林放魯人見世之爲禮者專事繁文
而疑其本之不在是也故以爲問

子曰大哉問

孔子以時方逐末而放獨有志於本故大其
問蓋得其本則禮之全體無不在其中矣

禮與其奢也寧儉喪與其易也寧戚

易去聲

易治也孟子曰易其田疇在喪禮則節文習
熟而無哀痛慘怛之實者也戚則一於哀而
文不足耳禮貴得中奢易則過於文儉戚則
不及而質二者皆未合禮然凡物之理必先
有質而後有文則質乃禮之本也○范氏曰
夫祭與其敬不足而禮有餘也不若禮不足

而敬有餘也。喪與其哀不足而禮有餘也，不若禮不足而哀有餘也。禮失之奢，喪失之易，皆不能反本而隨其末故也。禮奢而備，不若儉而不備之愈也；喪易而文，不若戚而不文之愈也。儉者物之質，戚者心之誠，故爲禮之本。楊氏曰：禮始諸飲食，故汙尊而抔飲，爲之簠簋籩豆罍爵之飾，所以文之也，則其本儉而已。喪不可以徑情而直行，爲之衰麻哭踊之數，所以節之也，則其本戚而已。周衰，世方以文滅質，而林放獨能問禮之本，故夫子大之，而告之以此。

○子曰：夷狄之有君，不如諸夏之亡也。

吳氏曰：亡，古無字，通用。程子曰：夷狄且有君長，不如諸夏之僭亂，反無上下之分也。○尹氏曰：孔子傷時之亂而歎之也。亡，非實亡也，雖有之，不能盡其道爾。

○季氏旅於泰山。子謂冉有曰：女弗能救與？對曰：不能。子曰：嗚呼！曾謂泰山不如林放乎？女音汝。與，平聲。

旅，祭名。泰山，山名，在魯地。禮：諸侯祭封內山川。季氏祭之，僭也。冉有，孔子弟子，名求，時爲季氏宰。救，謂救其陷於僭竊之罪。嗚呼，歎辭。言神不享非禮，欲季氏知其無益而自止。又進林放以厲冉有也。○范氏曰：冉有從季氏，夫子豈不知其不可告也，然而聖人不輕絕

人盡己之心安知冉有之不能救季氏之不可諫也既不能正則美林放以明泰山之不可誣是亦教誨之道也

○子曰君子無所爭必也射乎揖讓而升下而飲其爭也君子飲去聲

揖讓而升者大射之禮耦進三揖而後升堂也下而飲謂射畢揖降以俟衆耦皆降勝者乃揖不勝者升取觶立飲也言君子恭遜不與人爭惟於射而後有爭然其爭也雍容揖遜乃如此則其爭也君子而非若小人之爭矣

○子夏問曰巧笑倩兮美目盼兮素以爲絢兮何謂也倩七練反盼普莧反絢呼縣反

此逸詩也倩好口輔也盼目黑白分也素粉地畫之質也絢采色畫之飾也言人有此倩盼之美質而又加以華采之飾如有素地而加采色也子夏疑其反謂以素爲飾故問之

子曰繪事後素繪胡對反

繪事繪畫之事也後素後於素也考工記曰繪畫之事後素功謂先以粉地爲質而後施五采猶人有美質然後可加文飾

曰禮後乎子曰起予者商也始可與言詩已矣

欲觀至此而失禮之中。又失禮焉。故發此歎也。○謝氏曰。夫子嘗曰。我欲觀夏道。是故之杞。而不足徵也。我欲觀商道。是故之宋。而不足徵也。又曰。我觀周道。幽厲傷之。吾舍魯何適矣。魯之郊禘非禮也。周公其衰矣。考之杞宋已如彼。考之當今又如此。孔子所以深歎也。

或問禘之說。子曰。不知也。知其說者之於天下也。其如示諸斯乎。指其掌。

先王報本追遠之意。莫深於禘。非仁孝誠敬之至。不足以與此。非或人之所及也。而不王

不禘之法。又魯之所當諱者。故以不知答之。示。與視同。指其掌。弟子記夫子言此而自指其掌。言其明且易也。蓋知禘之說。則理無不明。誠無不格。而治天下不難矣。聖人於此。豈真有所不知也哉。

○祭如在。祭神如神在。

程子曰。祭。祭先祖也。祭神。祭外神也。祭先主於孝。祭神主於敬。愚謂此門人記孔子祭祀之誠意。

子曰。吾不與祭。如不祭。與。去聲。

又記孔子之言以明之。言已當祭之時。或有故不得與。而使他人攝之。則不得致其如在

少者而辨其贍食之人蓋曾祭朱嘗以下不順

其身則順之矣學之用重祭祀故其敬其敬自心

出帝而周公舅姑之順之矣非斬之自出父帝之

所王者父文王者自出大祭曰王若之文王世子

○父母嘗自鬻言重其不敬贍食自北以順頤之

文王

　　　　大氏

○宋曰辨自遍贍食不恭贍

　　言之順婚之矣

取姑此須吾論婚之矣

須遵吾言之宋不其婚之大穚不

宅曰真贍吾言之矣不足矣也

之誠。故雖已祭。而此心缺然。如未嘗祭也。○范氏曰。君子之祭。七日戒。三日齊。必見所祭者。誠之至也。是故郊則天神格。廟則人鬼享。皆由己以致之也。有其誠則有其神。無其誠則無其神。可不謹乎。吾不與祭。如不祭。誠爲實。禮爲虛也。

○王孫賈問曰。與其媚於奧。寧媚於竈。何謂也。

王孫賈。衛大夫。媚。親順也。室西南隅爲奧。竈者。五祀之一。夏所祭也。凡祭五祀。皆先設主而祭於其所。然後迎尸而祭於奧。略如祭宗廟之儀。如祀竈。則設主於竈陘。祭畢。而更設饌於奧以迎尸也。故時俗之語。因以奧有常尊。而非祭之主。竈雖卑賤。而當時用事。喻自

結於君。不如阿附權臣也。賈。衛之權臣。故以此諷孔子。

子曰。不然。獲罪於天。無所禱也。

天。即理也。其尊無對。非奧竈之可比也。逆理。則獲罪於天矣。豈媚於奧竈所能禱而免乎。言但當順理。非特不當媚竈。亦不可媚於奧也。○謝氏曰。聖人之言。遜而不迫。使王孫賈而知此意。不爲無益。使其不知。亦非所以取禍。

○子曰。周監於二代。郁郁乎文哉。吾從周。郁於六反

監。視也。二代。夏商也。言其視二代之禮而損益之。郁郁。文盛貌。○尹氏曰。三代之禮。至周

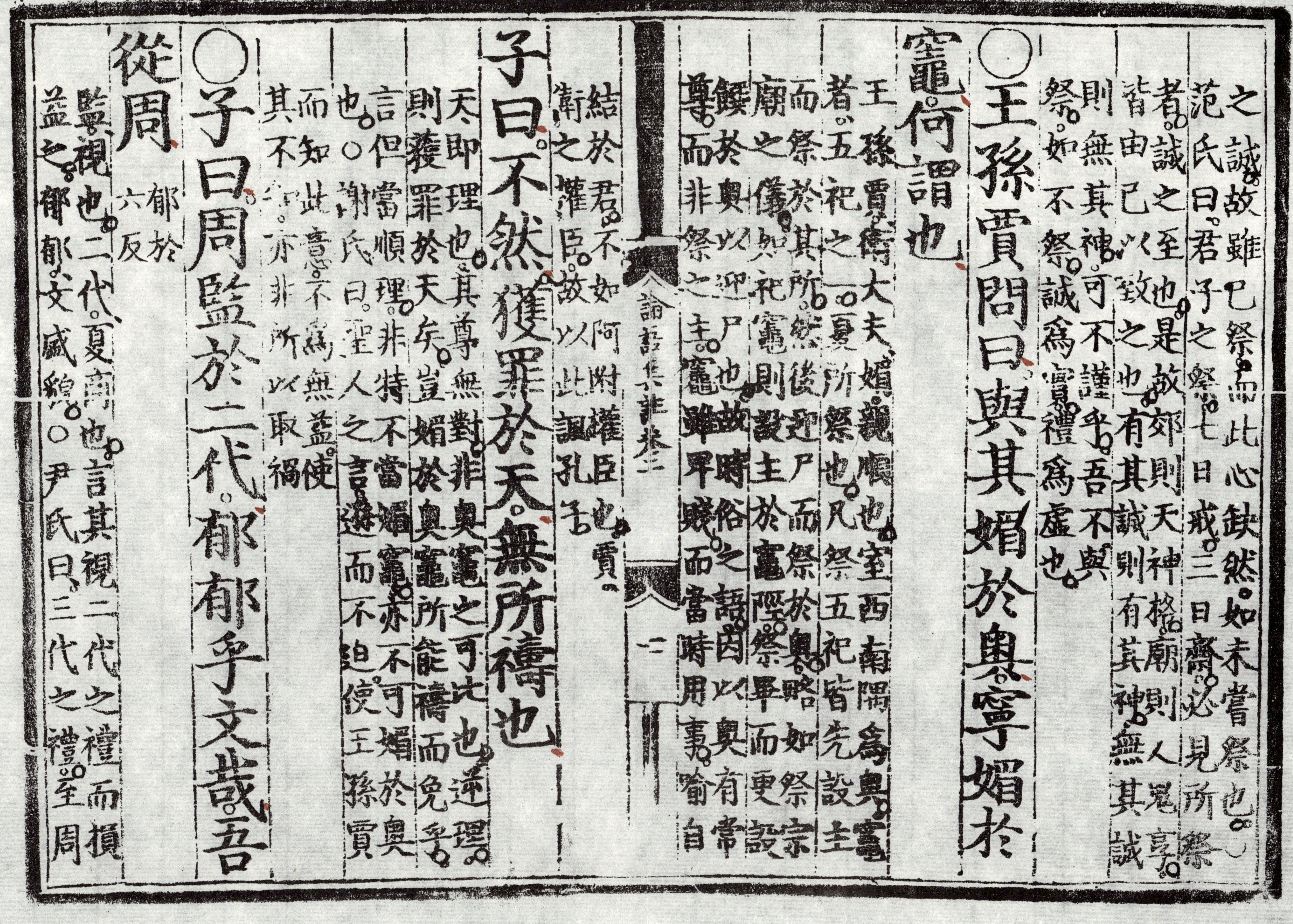

大備夫子美其文而從之

○子入大廟每事問或曰孰謂鄹人之子知禮乎入大廟每事問子聞之曰是禮也 大音泰鄹側留反

太廟魯周公廟此蓋孔子始仕之時入而助祭也鄹魯邑名孔子父叔梁紇嘗爲其邑大夫孔子自少以知禮聞故或人因此而譏之孔子言是禮者敬謹之至乃所以爲禮也○尹氏曰禮者敬而已矣雖知亦問謹之至也其爲敬莫大於此謂之不知禮者豈足以知孔子哉

○子曰射不主皮爲力不同科古之道也 爲去聲

射不主皮鄉射禮文爲力不同科孔子解禮之意如此也皮革也布侯而棲革於其中以爲的所謂鵠也科等也古者射以觀德但主於中而不主於貫革蓋以人之力有強弱不同等也記曰武王克商散軍郊射而貫革之射息正謂此也周衰禮廢列國兵爭復尚貫革故孔子歎之○楊氏曰中可以學而能力不可以強而至聖人言古之道所以正今之失

○子貢欲去告朔之餼羊 去起呂反告古篤反餼許

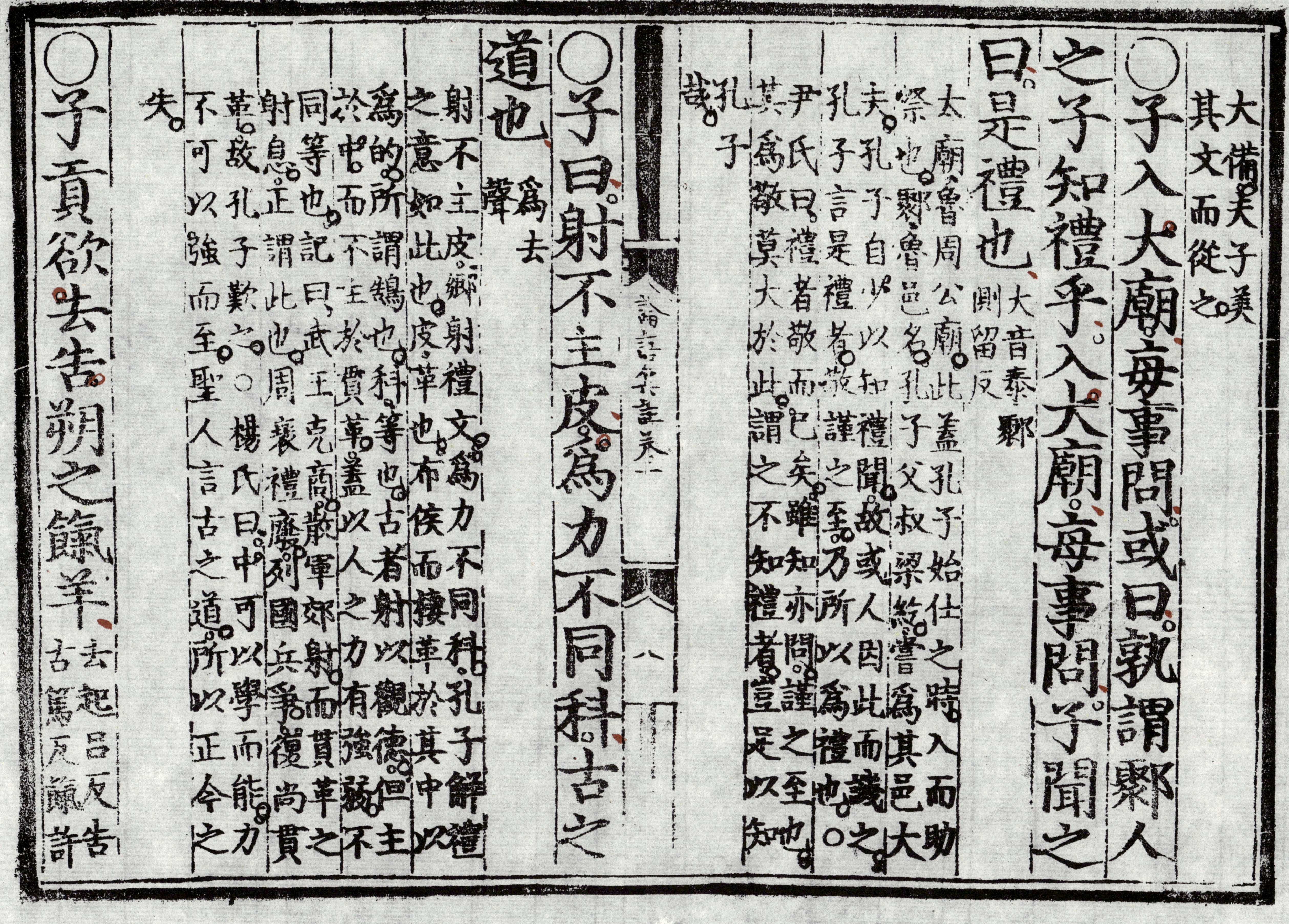

氣反

告朔之禮。古者天子常以季冬。頒來歲十二月之朔于諸侯。諸侯受而藏之祖廟。月朔則以特羊告廟。請而行之。餼。生牲也。魯自文公始不視朔。而有司猶供此羊。故子貢欲去之。

子曰。賜也。爾愛其羊。我愛其禮。

愛。猶惜也。子貢蓋惜其無實而妄費。然禮雖廢。羊存猶得以識之。而可復焉。若并去其羊。則此禮遂亡矣。孔子所以惜之。○楊氏曰。告朔。諸侯所以稟命於君親。禮之大者。魯不視朔矣。然羊存則告朔之名未泯。而其實因可舉。此夫子所以惜之也。

○子曰。事君盡禮。人以為諂也。

黃氏曰。孔子於事君之禮。非有所加也。如是而後盡爾。時人不能。反以為諂。故孔子言之。以明禮之當然也。○程子曰。聖人事君盡禮。當時以為諂。若他人言之。必曰我事君盡禮。小人以為諂。而孔子之言止於如此。聖人道大德宏。此亦可見。

○定公問。君使臣。臣事君。如之何。孔子對曰。君使臣以禮。臣事君以忠。

定公。魯君。名宋。二者皆理之當然。各欲自盡而已。○呂氏曰。使臣不患其不忠。患禮之不至。事君不患其無禮。患忠之不足。尹氏曰。君臣以義合者也。故君使臣以禮。則臣事君以忠。

○子曰。關雎。樂而不淫。哀而不傷。樂音洛

關雎。周南國風詩之首篇也。淫者。樂之過而失其正者也。傷者。哀之過而害於和者也。關雎之詩。言后妃之德。宜配君子。求之未得。則不能無寤寐反側之憂。求而得之。則宜其有琴瑟鐘鼓之樂。蓋其憂雖深而不害於和。其樂雖盛而不失其正。故夫子稱之如此。欲學者玩其辭。審其音。而有以識其性情之正也。

○哀公問社於宰我。宰我對曰。夏后氏以松。殷人以柏。周人以栗。曰使民戰栗。

宰我。孔子弟子。名予。三代之社不同者。古者立社。各樹其土之所宜木以為主也。戰栗。恐懼貌。宰我又言周所以用栗之意如此。豈以古者戮人於社。故附會其說與。

子聞之曰。成事不說。遂事不諫。既往不咎。

遂事。謂事雖未成。而勢不能已者。孔子以宰我所對。非立社之本意。又啓時君殺伐之心。而其言已出。不可復救。故歷言此以深責之。欲使謹其後也。○尹氏曰。古者各以所宜木名其社。非取義於木也。宰我不知而妄對。故夫子責之。

○子曰。管仲之器小哉。

管仲齊大夫。名夷吾。相桓公霸諸侯。器小。言其不知聖賢大學之道。故局量褊淺。規模卑狹。不能正身修德。以致主於王道。

或曰。管仲儉乎。曰。管氏有三歸。官事不攝。焉得儉。

焉於虔反

或人蓋疑器小之爲儉。三歸。臺名。事見說苑。攝。兼也。家臣不能具官。一人常兼數事。管仲不然。皆言其侈。

然則管仲知禮乎。曰。邦君樹塞門。管氏亦樹塞門。邦君爲兩君之好。有反坫。管氏亦有反坫。管氏而知禮。孰不知禮。

好去聲。坫丁念反。

或人又疑不儉爲知禮。屏謂之樹。塞。猶蔽也。設屏於門。以蔽內外也。好。謂好會。坫在兩楹之間。獻酬飲畢。則反爵於其上。此皆諸侯之禮。而管仲僭之。不知禮也。○愚謂孔子譏管仲之器小。其旨深矣。或人不知而疑其儉。故斥其奢以明其非儉。或又疑其知禮。故又斥其僭。以明其不知禮。蓋雖不復明言小器之所以然。而其所以小者。於此亦可見矣。故程子曰。奢而犯禮。其器之小可知。蓋器大。則自知禮而無此失矣。此言當深味也。蘇氏曰。自

修身正家以及於國則其本深其及者遠是
謂大器揚雄所謂大器猶規矩準繩先自治
而後治人者是也管仲三歸反坫桓公內嬖
六人而霸天下其本固已淺矣管仲死桓公
薨天下不復宗齊楊氏曰夫子大管仲之功
而小其器蓋非王佐之才雖能合諸侯正天
下其器不足稱也道學不明而王霸之略混
爲一途故聞管仲之器小則疑其爲儉以不
儉告之則又疑其知禮蓋世方以詭遇
爲功而不知爲之範則不悟其小宜矣

○子語魯大師樂曰樂其可知也始
作翕如也從之純如也皦如也繹如
也以成語去聲大音泰從音縱

語告也大師樂官名時音樂廢缺故孔子教
之翕合也從放也純和也皦明也繹相續不
絕也成樂之一終也○謝氏曰五音六律不
具不足以言樂翕如言其合也五音合矣清
濁高下如五味之相濟而後和故曰純如合
而和矣欲其無相奪倫故曰皦如然豈宮自
宮而商自商乎不相反而相連
如貫珠可也故曰繹如也以成

○儀封人請見曰君子之至於斯也
吾未嘗不得見也從者見之出曰二
三子何患於喪乎天下之無道也久
矣天將以夫子爲木鐸請見見之之見賢遍反從喪皆

去聲

儀衛邑。封人。掌封疆之官。蓋賢而隱於下位者也。君子。謂當時賢者。至此皆得見之。自言其平日不見絶於賢者。而求以自通也。見之。謂通使得見。喪。謂失位去國。禮曰。喪欲速貧是也。木鐸。金口木舌。施政教時所振以警衆者也。言亂極當治。天必將使夫子得位設教。不久失位也。封人一見夫子而遽以是稱之。其所得於觀感之間者深矣。或曰。木鐸所以徇于道路。言天使夫子失位。周流四方以行其教。如木鐸之徇于道路也。

○子謂韶盡美矣。又盡善也。謂武盡美矣。未盡善也。

韶。舜樂。武。武王樂。美者。聲容之盛。善者。美之實也。舜紹堯致治。武王伐紂救民。其功一也。故其樂皆盡美。然舜之德。性之也。又以揖遜而有天下。武王之德。反之也。又以征誅而得天下。故其實有不同者。○程子曰。成湯放桀。惟有慙德。武王亦然。故未盡善。堯舜湯武。其揆一也。征伐非其所欲。所遇之時然爾。

○子曰。居上不寬。爲禮不敬。臨喪不哀。吾何以觀之哉。

居上主於愛人。故以寬爲本。爲禮以敬爲本。臨喪以哀爲本。旣無其本。則以何者而觀其所行之得失哉。

里仁第四

凡二十六章。

子曰：「里仁為美。擇不處仁，焉得知？」處，上聲。焉，於虔反。知，去聲。

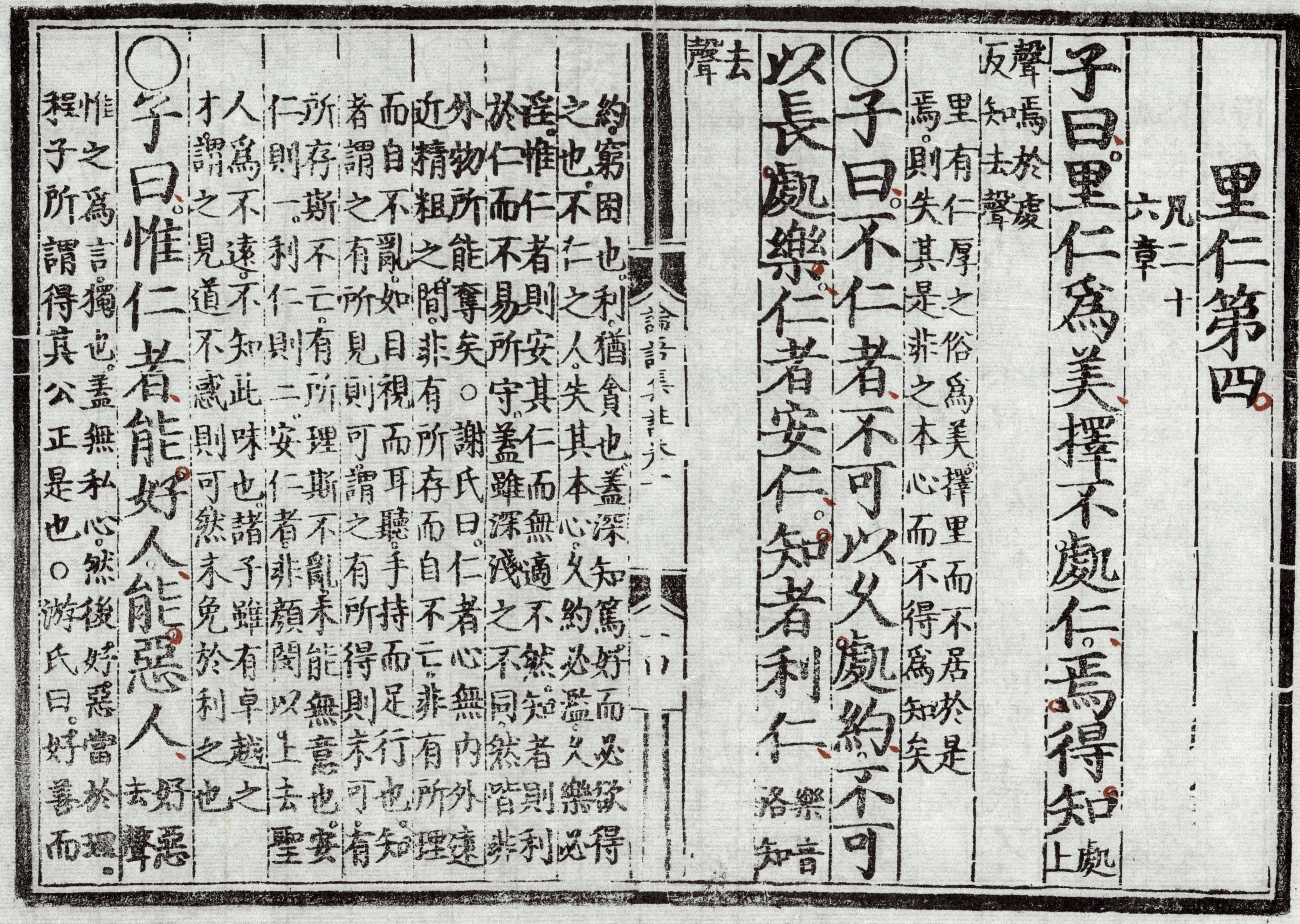

里有仁厚之俗為美。擇里而不居於是焉，則失其是非之本心，而不得為知矣。

○子曰：「不仁者不可以久處約，不可以長處樂。仁者安仁，知者利仁。」樂，音洛。知，去聲。

約，窮困也。利，猶貪也，蓋深知篤好而必欲得之也。不仁之人，失其本心，久約必濫，久樂必淫。惟仁者則安其仁而無適不然，知者則利於仁而不易所守，蓋雖深淺之不同，然皆非外物所能奪矣。○謝氏曰：「仁者心無內外遠近精粗之間，非有所存而自不亡，非有所理而自不亂，如目視而耳聽，手持而足行也。知者謂之有所見則可，謂之有所得則未可。有所存斯不亡，有所理斯不亂，未能無意也。安仁則一，利仁則二。安仁者非顏、閔以上，去聖人為不遠，不知此味也。諸子雖有卓越之才，謂之見道不惑則可，然未免於利之也。」

○子曰：「惟仁者能好人，能惡人。」好、惡，皆去聲。

惟之為言獨也。蓋無私心，然後好惡當於理，程子所謂「得其公正」是也。○游氏曰：「好善而

惡惡。天下之同情。然人每失其正者。心有所繫而不能自克也。惟仁者無私心。所以能好惡也。

○子曰。苟志於仁矣。無惡也。惡如字

苟。誠也。志者。心之所之也。其心誠在於仁。則必無為惡之事矣。○楊氏曰。苟志於仁。未必無過舉也。然而為惡則無矣。

○子曰。富與貴。是人之所欲也。不以其道得之。不處也。貧與賤。是人之所惡也。不以其道得之。不去也。惡去聲

不以其道得之。謂不當得而得之。然於富貴則不處。於貧賤則不去。君子之審富貴而安貧賤也如此。

君子去仁。惡乎成名。惡平聲

言君子所以為君子。以其仁也。若貪富貴而厭貧賤。則是自離其仁。而無君子之實矣。何所成其名乎。

君子無終食之間違仁。造次必於是。顛沛必於是。造七到反沛音貝

終食者。一飯之頃。造次。急遽苟且之時。顛沛。傾覆流離之際。蓋君子之不去乎仁如此。不

但富貴貧賤取舍之間而已也。○言君子爲仁。自富貴貧賤取舍之間。以至於終食造次顚沛之頃。無時無處而不用其力也。然取舍之分明。然後存養之功密。存養之功密。則其取舍之分益明矣。

○子曰。我未見好仁者。惡不仁者。好仁者。無以尚之。惡不仁者。其爲仁矣。不使不仁者加乎其身。好惡皆去聲。

夫子自言未見好仁者。惡不仁者。蓋好仁者。眞知仁之可好。故天下之物無以加之。惡不仁者。眞知不仁之可惡。故其所以爲仁者。必能絕去不仁之事。而不使少有及於其身。此皆成德之事。故難得而見之也。

有能一日用其力於仁矣乎。我未見力不足者。

言好仁惡不仁者。雖不可見。然或有人果能一旦奮然用力於仁。則我又未見其力有不足者。蓋爲仁在己。欲之則是。而志之所至。氣必至焉。故仁雖難能。而至之亦易也。

蓋有之矣。我未之見也。

蓋。疑辭。有之。謂有用力而力不足者。蓋人之氣質不同。故疑亦容或有此昏弱之甚。欲進而不能者。但我偶未之見耳。蓋不敢終以爲易。而又歎人之莫肯用力於仁也。○此章言

仁之成德雖難其人。然學者苟能實用其力。則亦無不可至之理。但用力而不至者。今亦未見其人焉。此夫子所以反覆而歎息之也。

○子曰。人之過也。各於其黨。觀過。斯知仁矣。

黨。類也。程子曰。人之過也。各於其類。君子常失於厚。小人常失於薄。君子過於愛。小人過於忍。尹氏曰。於此觀之。則人之仁不仁可知矣。○吳氏曰。後漢吳祐謂掾以親故受汙辱之名。所謂觀過知仁是也。愚按此亦但言人雖有過。猶可即此而知其厚薄。非謂必俟其有過。而後賢否可知也。

○子曰。朝聞道。夕死可矣。

道者。事物當然之理。苟得聞之。則生順死安。無復遺恨矣。朝夕。所以甚言其時之近。○程子曰。言人不可以不知道。苟得聞道。雖死可也。又曰。皆實理也。人知而信者為難。死生亦大矣。非誠有所得。豈以夕死為可乎。

○子曰。士志於道。而恥惡衣惡食者。未足與議也。

心欲求道。而以口體之奉不若人為恥。其識趣之卑陋甚矣。何足與議於道哉。○程子曰。志於道而心役乎外。何足與議也。

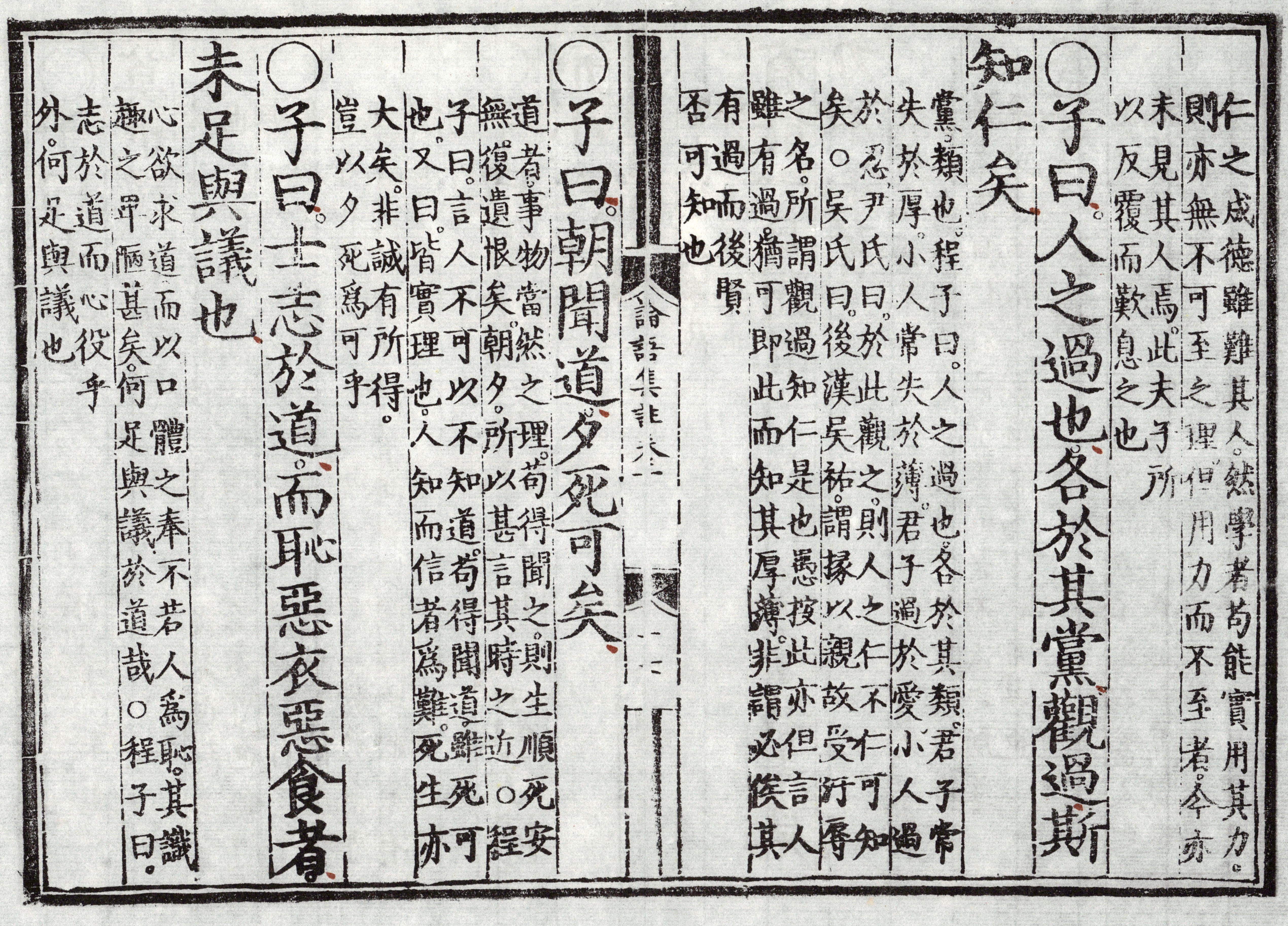

○子曰：君子之於天下也，無適也，無莫也，義之與比。適，丁歷反。比，必二反。

適，專主也。春秋傳曰「吾誰適從」是也。莫，不肯也。比，從也。○謝氏曰：「適，可也。莫，不可也。無可無不可，苟無道以主之，不幾於猖狂自恣乎？此佛老之學所以自謂心無所住而能應變，而卒得罪於聖人也。聖人之學不然，於無可無不可之間，有義存焉。然則君子之心，果有所倚乎？」

○子曰：君子懷德，小人懷土；君子懷刑，小人懷惠。

懷，思念也。懷德，謂存其固有之善。懷土，謂溺其所處之安。懷刑，謂畏法。懷惠，謂貪利。君子小人趣向不同，公私之間而已矣。○尹氏曰：「樂善惡不善，所以為君子；苟安務得，所以為小人。」

○子曰：放於利而行，多怨。放，上聲。

孔氏曰：「放，依也。多怨，謂多取怨。」○程子曰：「欲利於己，必害於人，故多怨。」

○子曰：能以禮讓為國乎？何有？不能以禮讓為國，如禮何？

讓者，禮之實也。何有，言不難也。言有禮之實以為國，則何難之有？不然，則其禮文雖具，亦

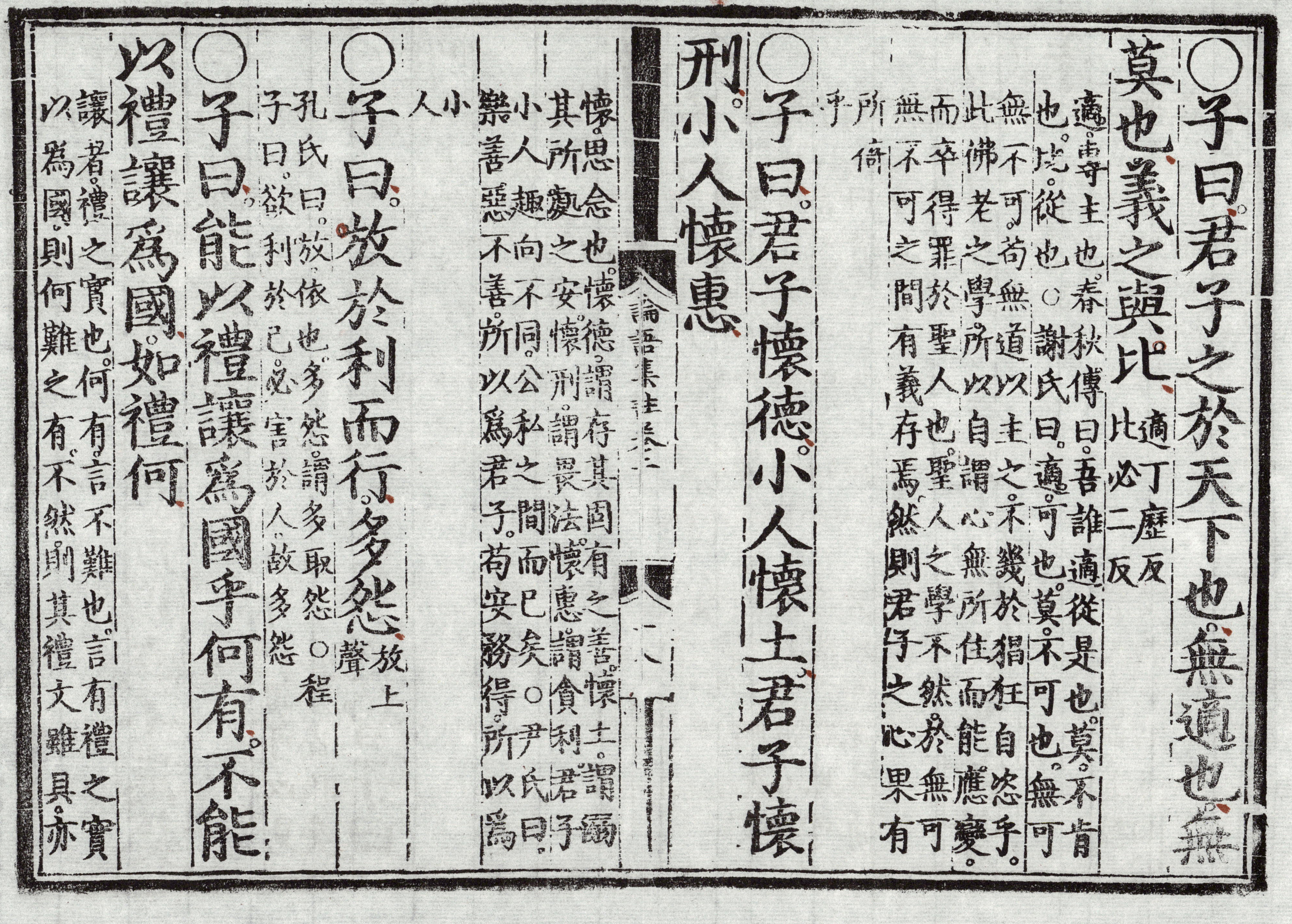

且無如之何矣。而況於爲國乎。

○子曰。不患無位。患所以立。不患莫己知。求爲可知也。

所以立。謂所以立乎其位者。可知。謂可以見知之實。○程子曰。君子求其在己者而已矣。

○子曰。參乎。吾道一以貫之。曾子曰。唯。

參所金反唯上聲

參乎者。呼曾子之名而告之。貫。通也。唯者。應之速而無疑者也。聖人之心。渾然一理。而泛應曲當。用各不同。曾子於其用處。蓋已隨事精察而力行之。但未知其體之一爾。夫子知

其真積力久。將有所得。是以呼而告之。曾子果能默契其指。即應之速而無疑也。

子出。門人問曰。何謂也。曾子曰。夫子之道。忠恕而已矣。

盡己之謂忠。推己之謂恕。而已矣者。竭盡而無餘之詞也。夫子之一理渾然而泛應曲當。譬則天地之至誠無息。而萬物各得其所也。自此之外。固無餘法。而亦無待於推矣。曾子有見於此而難言之。故借學者盡己推己之目。以著明之。欲人之易曉也。蓋至誠無息者。道之體也。萬殊之所以一本也。萬物各得其所者。道之用也。一本之所以萬殊也。以此觀之。一以貫之之實可見矣。或曰。中心爲忠。如心爲恕。於義亦通。○程子曰。以己及物。仁也。

推己及物恕也違道不遠是也忠恕一以貫之忠者天道恕者人道忠者無妄恕者所以行乎忠也忠者體恕者用大本達道也此與違道不遠異者動以天爾又曰維天之命於穆不已忠也乾道變化各正性命恕也又曰聖人教人各因其才吾道一以貫之唯曾子爲能達此孔子所以告之也曾子告門人曰夫子之道忠恕而已矣亦猶夫子之告曾子也中庸所謂忠恕違道不遠斯乃下學上達之義

○子曰君子喻於義小人喻於利

喻猶曉也義者天理之所宜利者人情之所欲○程子曰君子之於義猶小人之於利也唯其深喻是以篤好楊氏曰君子有舍生而取義者以利言之則人之所欲無甚於生所惡無甚於死孰肯舍生而取義哉其所喻者義而已不知利之爲利故也小人反是

○子曰見賢思齊焉見不賢而內自省也省悉井反

思齊者冀己亦有是善內自省者恐己亦有是惡○胡氏曰見人之善惡不同而無不反諸身者則不徒羨人而甘自棄不徒責人而忘自責矣

○子曰事父母幾諫見志不從又敬不違勞而不怨

此章與內則之言相表裏幾微也微諫所謂父母有過下氣怡色柔聲以諫也見志不從

○子曰、古者言之不出、恥躬之不逮也。

言古者所以不出其言、為躬之不逮也。范氏曰、君子之於言也、不得已而後出之、非言之難、而行之難也。人惟其不行也、是以輕言之。言之如其所行、行之如其所言、則出諸其口必不易矣。

○子曰、父母之年、不可不知也。一則以喜、一則以懼。

知猶記憶也。常知父母之年、則既喜其壽、又懼其衰、而於愛日之誠、自有不能已者。

○子曰、三年無改於父之道、可謂孝矣。

胡氏曰、已見首篇。

○子曰、父母在、不遠遊、遊必有方。

遠遊則去親遠而為日久、定省曠而音問疏、不惟己之思親不置、亦恐親之念我不忘也。遊必有方、如己告云之東、則不敢更適西、欲親必知己之所在而無憂、召己則必至而無失也。范氏曰、子能以父母之心為心則孝矣。

之。言之如其所行。行之如其所言。則出諸其口必不易矣

○子曰。以約失之者鮮矣。鮮上聲

謝氏曰。不侈然以自放之謂約。尹氏曰。凡事約則鮮失。非止謂儉約也

○子曰。君子欲訥於言而敏於行。行去聲

謝氏曰。放言易。故欲訥。力行難。故欲敏。○胡氏曰。自吾道一貫至此十章。疑皆曾子門人所記也

○子曰。德不孤。必有鄰。

鄰猶親也。德不孤立。必以類應。故有德者必有其類從之。如居之有鄰也

○子游曰。事君數。斯辱矣。朋友數。斯疏矣。數色角反

程子曰。數。煩數也。胡氏曰。事君諫不行。則當去。導友善不納。則當止。至於煩瀆。則言者輕。聽者厭矣。是以求榮而反辱。求親而反疏也。范氏曰。君臣朋友。皆以義合。故其事同也

論語卷之二

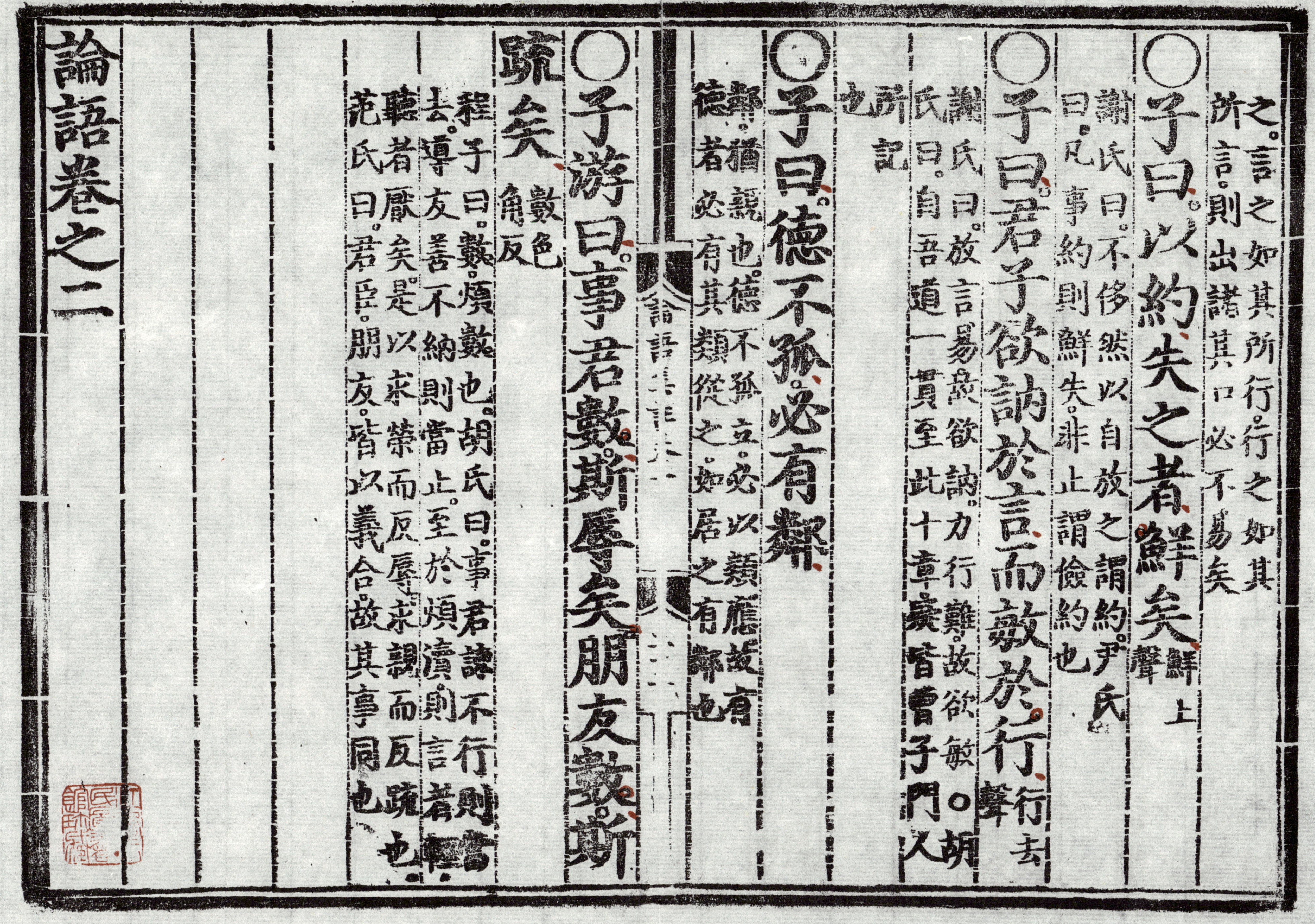